中国奇想小説集

古今異界万華鏡

編訳　井波律子

平凡社

中国奇想小説集◉目次

六朝

唐代

宋代

明代 089

清代 193

六朝

王女の贈り物

「談生(だんせい)」(干宝(かんぽう)著『捜神記(そうしんき)』巻二十三)

談生(だんせい)という者がおり、年は四十だが、妻はなく、いつも心を昂(たか)ぶらせて『詩経』を読み、一晩じゅう、眠らなかった。ある夜中、娘があらわれ、年は十五、六くらい、顔かたちや衣装・装身具は、世にも稀(まれ)な美しさだった。娘は談生に近づき、かくて夫婦になったが、彼女が言うには、「私はふつうの人間ではありませんから、灯りで照らしてはなりません。三年後なら、照らしてもかまいません」とのこと。

談生は彼女と夫婦になり、息子がひとり生まれて、すでに二歳になったとき、辛抱できず、夜、妻が寝入った後、こっそり灯りで照らし目を凝らして見た。すると、腰から上は、肉がついて人間と同じだが、腰から下は、干からびた骨だけだった。と、妻が目を覚まして言った。

「あなた、私の言葉に背きましたね。私はもう少しで生き返るところだったのに、どうしてあと一年、辛抱できず、あろうことか、灯りで照らしてしまったの?」

談生はあやまり、涙を流して泣きやまなかった。と、妻は言った。

「あなたとは、定めにより、今、お別れしようとしていますが、息子のことが気がかりです。あなたは貧しく、おそらくあの子といっしょに暮らせなくなるでしょう。ちょっと私について来てください。あなたに贈り物をさしあげます」

妻は、談生をきらびやかな奥の間に連れて入ったが、器物も並はずれてりっぱだった。彼女は真珠をちりばめた上衣を談生に与え、「これで暮らしを立ててください」と言うと、談生の衣服の裾を裂き取って、これを手元に留め、別れを告げて立ち去った。

その後、談生が上衣を持って市場へ売りに行くと、睢陽（すいよう）王の家の者がこれを買い、その値段は千万銭だった。睢陽王はこれに見覚えがあり、言った。

「わしの娘の上衣だ。どうして市場にあったのか？　きっと墓をあばいたに相違ない」

かくて談生をとらえ拷問すると、談生は事細かに真実を述べたが、王はやはり信じなかった。そこで娘の墓を調べたところ、墓は無傷でもとのままだった。墓を開いてよくよく見ると、柩（ひつぎ）の蓋（ふた）の下に、果たせるかな、談生の衣服の裾があった。また、その息子を呼んで、よく見ると、まさしく王の娘そっくりだった。王はそれではじめて信じ、ただちに談生を牢から出し、また上衣を贈り与えて、娘婿と認め、上表（意見を書いた文書を天子に提出すること）してその息子を郎中（ろうちゅう）（もともとは宮中の宿直にあたる官職）としたのだった。

（『新輯捜神記・新輯捜神後記』〔中華書局刊「古体小説叢刊」〕による）

おんぶ幽霊

「宗定伯（そうていはく）」（干宝著『捜神記』巻二十二）

南陽（なんよう）（河南省南陽市を中心とする地域）の宗定伯（そうていはく）は、少年時代に夜、出かけて、ふいに幽霊と出会い、たずねて言った。

「誰だ？」

幽霊は、「幽霊だ」と言い、ついでまたたずねた。

「きみは誰だ？」

定伯はそこで幽霊を騙して言った。

「おれも幽霊だ」

幽霊はたずねた。

「どこへ行くのかね？」

定伯は答えて言った。

「宛（えん）（河南省南陽市）に行くところだ」

幽霊は言った。

「おれも宛に行くところだ」

かくて、連れになり宛へ向かった。いっしょに数里行ったところで、幽霊は言った。

「歩き疲れてヘトヘトになったから、代わるがわるおんぶしよう」

定伯は言った。

「たいへんけっこうだ」

幽霊が先に定伯をおんぶして数里行くと、言った。

「きみはとても重いから、幽霊じゃないだろう？」

定伯は言った。

「おれは死んだばかりなので、身体が重たいのだ」

定伯はそこで幽霊をおんぶしたが、ほとんど重さがなかった。このようにして、何度も交替したところで、定伯はまた幽霊にたずねた。

「おれは死んだばかりなので、幽霊がみんな何を恐れ嫌うか、わからないんだが」

幽霊は言った。

「人のツバだけ嫌がるんだよ」

こうしていっしょに行くと、途中で川に出くわした。定伯は幽霊を先に渡らせたが、耳をすませても、何の物音もしなかった。定伯が渡ると、バシャバシャと水音がした。幽霊がまた言った。

「どうして音をたてるのか？」

定伯は言った。

「死んだばかりで、川を渡るのに慣れていないからだ。おれを疑わないでくれよ」

どんどん道を行き、もうすぐ宛に到着するころ、定伯はまた幽霊を肩におんぶし、ギュッと締めつけた。幽霊は大声で呼びかけ、ワーワー騒いで、下ろしてくれと頼んだが、定伯は耳を貸そうとしなかった。

ただちに宛の城内に入り、幽霊を地面に下ろしたところ、幽霊は一匹の羊に化けた。

定伯はまた化けることを恐れて、急いでツバをつけ、これを売って、千五百銭を手に入れると、立ち去った。買った者は、首輪をつけて繋いでおいたが、翌朝、見ると、縄が残っているだけだった。[*] 当時の人々は、「宗定伯は幽霊を売って、千五百銭を手に入れた」と、語り伝えた。


（『新輯捜神記・新輯捜神後記』〔中華書局刊「古体小説叢刊」〕による）

＊「買った者は……縄が残っているだけだった」の部分は、『太平広記』によるテキストには欠けている。

［解説］不思議な〝事実〟を収集――『捜神記』について

六朝志怪小説のジャンルを確立した、『捜神記』の著者干宝（生没年不詳）は、もともと歴史家であり、東晋（三一七―四二〇）の初代皇帝元帝（三一七―三二二在位）のとき、著作郎（国史の編纂をつかさどる官職）に任命され歴史書の編纂にあたった。その後、地方官になったが、まもなく東晋初期の実力者王導（二六七―三三〇）の属官となり、西晋（二六五―三一六）の歴史を記した『晋紀』（二十巻）を完成させ、「良史（りっぱな歴史家）」と称賛されたという。

れっきとした歴史家の干宝が、怪異現象に興味をもつようになったのは、墓に埋められた者が十数年を経て再生したり、息絶えた兄が数日後、蘇生し、死後の世界を目の当たりにした経験を語るなど、彼の身辺につづけて奇怪な事件が起こったためだった。

超現実的な事件を目の当たりにした干宝は、古今の書物に記載されたり、口頭で伝承されたりしてきた幽霊譚や妖怪変化譚など、ありとあらゆる種類の怪異な話を網羅的に収集して、『捜神記』を編纂するに至る。歴史家干宝にとって『捜神記』に収録した怪異な話は、あくまで不思議な事実にほかならず、けっしてフィクションではなかったところに、最大の特色がある。

現行の『捜神記』二十巻本（いったん散逸したものを、十六、七世紀の明代に再編成したもの）は、長短とりまぜ合計四百六十四篇の怪異譚を収める。仙人や魔術師などの超能力者、冥界からさまよい出る幽霊、狐をはじめとするさまざまな動物の変化、古い鍋や釜などの器物のお化け等々、多種多様の異形の者が次から次に登場する『捜神記』の世界は、まさしく怪異譚の宝庫にほかならない。

付言すれば、『捜神記』に収められた怪異譚には、本書でとりあげた幽霊を騙した男が登場する「おんぶ幽霊」（原題「宗定伯」）の話のように、ユーモラスなものもあり、概して幽霊や妖怪などが恐怖をかりたてる存在ではなく、身近なものとして描かれるケースが多いといえよう。

桃花源(とうかげん)

「桃花源」(陶潜(とうせん)著『捜神後記(そうしんこうき)』巻一)

東晋(とうしん)の太元(たいげん)年間(三七六―三九六)、武陵(ぶりょう)(湖南省桃源県)の人で魚をとることを生業(なりわい)とする者がいた。その漁師は、谷川に沿って〔舟で〕行くうち、距離がわからなくなり、ふいに桃花の林に出くわした。林は両岸に数百歩もつづいたが、なかに雑木はなく、香(かぐわ)しい桃の花は鮮やかに美しく、ハラハラと散っている。

漁師はたいへん不思議に思い、さらに先へ進んで、その桃林の奥を窮めようとした。と、桃林は川の源で尽き、そこに一つの山があった。山には小さな洞穴(ほらあな)があり、おぼろに光が射しているようだった。さっそく舟を乗り捨てて、その入口から入ったところ、はじめはきわめて狭く、やっと人が通れるほどだった。さらに数十歩行くと、からりと開け、土地は広々とし、家屋が整然と立ち並び、良田、美しい池、桑や竹の類(たぐい)があった。縦と横の道が交わり通じ、鶏や犬の声が聞こえ、男も女も着ている物は、まったく異郷の人のようであり、白髪の老人や髪をおさげにした子供も、誰も彼もうれしそうで楽しげだった。

彼らは漁師を見ると、びっくり仰天し、どこから来たのかとたずねるので、漁師は事細かに答えた。すると、彼らは家に連れて帰り、酒の支度をし、鶏を殺してもてなしてくれた。村じゅうの者が、漁師があらわれたと聞くと、こぞって訪ねて来て、言うことには、「先祖の時代に、秦(しん)(前二二一—前二〇六)の戦乱を逃れて、妻子や村人を引きつれ、この人里離れた所へやって来てからこのかた、二度と外に出ず、それで外界と隔絶してしまった」とのこと。また、今はどんな時代かとたずね、なんと漢(前漢、前二〇二—後八。後漢、二五—二二〇)の時代を知らず、魏(ぎ)(二二〇—二六五)や晋(西晋、二六五—三一六。東晋、三一七—四二〇)の時代はいうまでもなかった。漁師が一つ一つ詳しく聞き知っていることを説明すると、誰も彼も驚き慨嘆した。ほかの人々もそれぞれまた自分の家に漁師を招き、みな酒食を出してもてなした。

数日間、滞在し、立ち去ろうとしたところ、村人の一人が言った。

「外の土地の人に話してはいけませんよ」

漁師はその村を出て、もとの舟を見つけると、先に来た道(川筋)に沿って行き、方々に印をつけた。郡に到着すると、太守(たいしゅ)(郡の長官)のもとに参上し、かくかくしかじかと説明した。太守〔の劉歆(りゅうきん)は〕ただちに人を遣わし漁師について行かせ、先に印をつけたところをたどらせたが、二度とふたたびあの村を見つけることはできなかった。

(汪紹楹校注『捜神後記』〔中華書局、一九八一年〕、および『陶淵明集校箋』〔上海古籍出版社、二〇一一年〕による)

地獄の沙汰も「腕輪」次第

「李除(りじょ)」(陶潜著『捜神後記』巻四)

襄陽(じょうよう)(湖北省)の李除(りじょ)は季節の病にかかって死に、彼の妻が遺体を守っていた。夜の三更(さんこう)(午後十一時〜午前一時)になると、遺体が突然むっくり起きあがって座り、慌てふためいて妻の腕から金の腕輪をはずそうとするので、妻ははずすのを手伝った。腕輪がはずれると、これを手に持ち、また死んでしまった。

妻がようすを見ていたところ、夜明けになると、心臓のあたりがますます暖かくなり、だんだんと蘇ってきた。李除は生き返ると言った。

「冥土(めいど)の役人が私を引っ立てて行くとき、連れがたいへん多く、袖の下を贈って免れる者がいるのを目にしたので、役人に金の腕輪を贈ると約束した。と、取りに帰らせてくれたので、腕輪を取りに帰って役人にやった。役人は腕輪を手に入れると、すぐ解放し帰らせてくれ、見ると、腕輪を持って行ってしまった」

数日後、どうしたことか、腕輪はやはり妻の衣服のなかにあった。妻はその腕輪を二度と身に着けようとせず、怪異な物として、呪文を唱えながら埋めたのだった。

（汪紹楹校注『捜神後記』〔中華書局、一九八一年〕による）

［解説］異界の時間――『捜神後記』について

早くは『隋書』経籍志に「捜神後記十巻　陶潜撰」と書名が記されているが、その後、いかなる書目にも、この書名は見えず、ずっと時代が下り、明代に入ってから翻刻され、さまざまな叢書に収録されるに至った。ここに収めた二篇の翻訳は、そのうち、より確実性の高い『学津討原』に収録されたものにもとづき、汪紹楹が校注を施した『捜神後記』（全十巻、百十七篇を収める。中華書局）によった。

『捜神後記』は『捜神記』の後を受けた志怪小説集だが、その著者を陶潜すなわち陶淵明（三六五―四二七。淵明はあざな）だとすることについては、古くから多々異論があるが、確かなことはわからない。

それはさておき、ここに訳出した、「桃花源」（『捜神後記』巻一）の話は、紛れもなく陶淵明の手になるものであり、その全集にも収録されている。

現実世界と隔絶した桃源郷に迷い込んだ漁師の不思議な体験を描く「桃花源」の話はあまりにも名高いが、これは一種の異界訪問譚だといえよう。

洞窟や深い穴をくぐりぬけて、仙界など異界へ到達するという話は、六朝志怪小説いらい、中国の戯曲や小説のなかでしばしばとりあげられてきた。これらの話にあらわれる異界は、その時間構造から見ると、大きく三つに分けることができる。

第一は、異界の時間の流れが人間世界よりもはるかにゆるやかな場合であり、第二は、それとは逆に、異界の時間の流れの方が人間世界よりもずっとはやい場合、第三は、異界の時間の流れが、人間世界と等しい場合である。

「桃花源」の話はこのうち、第三のケースに属するが、本書では、第一のケースに属する話、すなわち異界で過ごした数日もしくは数か月が、現実世界の数百年に相当する浦島太郎型の話として、やはり『幽明録』に収められた「常春の異界」（原題「劉晨・阮肇」）をとりあげ、また、第二のケースに属する話、すなわち異界の数十年が、現実世界の一瞬に過ぎない例として、邯鄲の夢を描く唐代伝奇の「枕中記」をとりあげた。合わせて参照されたい。

『捜神後記』からはもう一篇、「地獄の沙汰も金次第」のありさまをコミカルに描く「地獄の沙汰も『腕輪』次第」（原題「李除」）を訳出した。志怪の世界には、天国のような異界もあれば、地獄の沙汰もあり、まことに興趣尽きない。

常春の異界

「劉晨・阮肇」（劉義慶著『幽明録』巻一）

後漢の明帝の永平五年（六二）、剡県（浙江省嵊県）の劉晨と阮肇がいっしょに天台山に入り、道に迷って帰れなくなった。十三日たって、食糧がなくなり、飢えのために死にそうになった。はるかに眺めやると、山の頂上に一本の桃の木があり、たくさん実がなっていた。しかし、切り立った岩と深い谷に阻まれて、まったく登ってゆく道がなく、藤や葛のツルにつかまって攀じ登り、ようやく頂上にたどり着くことができた。二人がそれぞれ数個の桃を食べたところ、飢えはおさまり体力も充実してきた。

そこでまた山を下り、杯を取りだして水を汲み、手を洗い口を漱ごうとした。ふと見ると、カブラの葉っぱが、山腹から流れてきた。とても新鮮だった。ついでまた杯が一つ流れて来て、なかに胡麻糝（胡麻と米粒を混ぜて煮た物）が入っていた。二人は「これで人里が近いことがわかる」と語り合い、さっそく川に入って、流れを遡り、二、三里行くと、山を越えて、大きな谷川に出ることができた。

谷川のほとりに、二人の女性がおり、その姿かたちは妙なる美しさだった。劉晨と阮肇が杯を持ってあらわれたのを見ると、笑いながら言った。

「劉・阮のお二方は、さっき流れて来た杯をつかんでくださいましたのね」

劉晨と阮肇は彼女たちに見覚えがないのに、どうしたわけか、二人の女性は彼らの姓を呼び、まるで旧知のように、出会ったときには、何もかも知っていたのだった。

彼女たちは、「おいでになるのが、どうしてこんなに遅くなりましたの？」とたずね、彼らを連れて家に帰った。

その家は竹筒（銅とするテキストもあり）の屋根瓦をふいた建物で、南側の壁際と東側の壁際にそれぞれ大きな寝台があった。どちらにも紅い薄絹の帳が掛けられ、帳の角には鈴がつりさげられ、鈴には金と銀が入りまざっている。寝台の側にはそれぞれ十人の侍女がおり、二人の女性は侍女たちに申しつけた。

「劉・阮のお二方は険しい山を歩いて来られ、さきほど玉の実を召しあがったけれど、まだお腹が空いてお疲れです。はやく食事をお出ししなさい」

そこで劉晨と阮肇は、胡麻飯、山羊の干し肉、牛肉を食べたが、たいへん美味であった。食事がすむと、酒宴になり、一群の女性たちがやって来た。それぞれ四、五個の桃の実を持ち、笑いながら言った。

「あなたたちの婿どのがお見えだから、お祝いに来ましたよ」

酒宴がたけなわになると音楽が演奏され、劉晨と阮肇の二人は喜びと恐れをこもごも感じた。日暮れになると、彼らをそれぞれ一つの寝台で休ませ、かの二人の女性がそれぞれつき従った。その声はなよやかにして優婉(ゆうえん)であり、憂いを忘れさせるものだった。

十日後、二人が帰りたいと言うと、女性たちは言った。

「あなたがたがここに来られたのは、前世からの福運に引き寄せられたためです。どうしてまた帰りたいとおっしゃるの?」

かくて、半年の間、滞在した。この地は気候も草木のようすもずっと春であり、もろもろの鳥も鳴いていた。二人はますます悲しくなり、帰りたいという思いが切実になった。女性たちは言った。

「罪業(ざいごう)があなたたちを引っぱっているのだから、どうしようもないわね」

そこで、以前お祝いに来た女性たち三、四十人を呼び、送別の宴を開いて音楽を演奏し、ともども劉晨と阮肇を見送って、帰る道を教えた。

二人が山を出たところ、親類や知人はいなくなり、村や家々も見慣れぬものに変わって、知り合いも一人も見当たらない。七代後の子孫をたずねあてたところ、「先祖が山へ入り、道に迷って帰ることができなくなったと、聞いています」とのこと。

劉晨と阮肇は、東晋の太元(たいげん)八年(三八三)になると、ふいにまた立ち去り姿を消したのだった。*

(鄭晩晴(ていばんせい)輯注『幽明録』〔文化芸術出版社、一九八八年〕による)

＊

これは、二人が最初に天台山に入ってから、三百二十一年後のことである。

白粉を売る女

「売胡粉女」（劉義慶著『幽明録』巻一）

ある人は大金持ちだったが、息子が一人しかいなかったので、可愛がって甘やかし放題だった。その息子が市場をぶらついていたとき、美貌の娘が白粉を売っているのを見かけ、好きになったが、気持ちを伝えるすべがなく、そこで白粉を買うことにした。

息子は毎日、市場に出かけて白粉を買うと、すぐに立ち去り、口をきいたことがなかった。だんだん月日がたつうち、娘は疑いを深め、翌日、また彼が来ると、たずねて言った。

「あなたはこの白粉を買って、何にお使いになるのですか？」

息子は答えて言った。

「あなたが好きなのですが、その気持ちを伝えられず、それでもいつも会いたいので、白粉を買うことにかこつけて、お姿を見に来ているだけなのです」

娘ははたと胸打たれて、忍び逢うことを承知し、翌日の夕方に行くと約束した。

その夜、息子は居間で横になり、娘が来るのを待った。夕暮れになると、果たせるかな、娘がやって来たので、息子はうれしくてたまらず、彼女の腕を握って、「かねての思いがやっと今、かないます」と言い、躍りあがって喜んだとたん、死んでしまった。娘は恐れおののいて、どうしたらよいかわからず、逃げだして、明け方、白粉店に帰った。（翌朝）息子の両親は、食事の時間になっても、息子が起きて来ないので、怪訝に思い、見に行ったところ、息子はすでに死んでいた。納棺するとき、息子の箱を開けると、百個余りの白粉の包みがあり、大小とりまぜていっしょくたに積み重なっていた。母は言った。

「あの子を殺したのは、この白粉だわ！」

　市場に行って、くまなく白粉を買ってまわり、かの娘に行きあたったので、〔家にあった白粉と〕比べたところ、包みかたが一致した。かくして、娘をつかまえ、「どうしてうちの息子を殺したの？」とたずねた。娘はこれを聞いて嗚咽しながら、事細かに事実を述べた。息子の両親は信じず、役所に訴えた。

　娘は言った。

「わたしは死んでもかまいませんが、どうか一度、亡骸の前で心から哀悼させてください」

県令（県の長官）は許可した。娘はただちにその家に行き、彼をさすって慟哭し、言った。

「不幸にしてこんなことになってしまいましたが、もし魂が霊となってあらわれるならば、何の怨みもありません！」

　と、息子はパッと生き返り、詳しく事情を説明した。

かくして二人は夫婦となり、子孫は繁栄した。

（鄭晩晴（ていばんせい）輯注『幽明録』〔文化芸術出版社、一九八八年〕による）

［解説］後世へ大きな影響――『幽明録』について

劉義慶著『幽明録』は、『隋書』経籍志に全二十巻と記されているが、しだいに散逸し、現在では魯迅の『古小説鉤沈』に、もっとも多くの話が収集され収録されている。ここに収めた二篇の翻訳は、この『古小説鉤沈』を底本として、校訂を加え注釈を付した鄭晩晴輯注『幽明録』（全六巻。文化芸術出版社）によった。

著者の劉義慶（四〇三―四四四）は、東晋につづく南朝劉宋（四二〇―四七九）の初代皇帝である武帝劉裕の従子（兄弟の子）であり、魏晋の名士のエピソード集『世説新語』の編者として知られる。もっとも、文学好きだった劉義慶のサロンには多くの文人が集まっており、エピソード集の『世説新語』と志怪小説集の『幽明録』も、実際に執筆にあたったのは、これらの文人たちだったと考えられる。

ここに訳出した二篇のうち、「常春の異界」（原題「劉晨・阮肇」）の話は、天台山の山中で二人の仙女と出会った二人の男が、半年間、至福の時を過ごした後、故郷に帰ったところ、下界ではこの間に、なんと三百二十年余りが経過していた。これは、先に『捜神後記』の解説で述べたように、異界訪問譚の三つのケースのうち、第一の「異界の時間の流れが人間世界よりもはるかにゆるやかな場合」にあたる。この「常春の異界」の話は、はなはだ人口に膾炙し、後世、これを原型とする話が多く作られた。

また、恋い焦がれた相手と忍び逢った瞬間、歓喜のあまり息絶えた男の姿を描く「白粉を売る女」の話も、後世に大きな影響を与えた。十七世紀初めの明末、馮夢龍によって編纂された、三部の白話短篇小説集「三言」のうち、『古今小説』（巻四）に収められた「閒雲庵にて阮三、恋債を償うこと」の物語はその代表的なものである。もっとも、「白粉を売る女」では頓死した男はめでたく息を吹き返すが、ほぼ千二百年後の「閒雲庵」のヒーロー阮三は蘇ることができず、大騒動のあげく、一度の逢瀬で身ごもったヒロインがたくましく遺児を育てあげるという、「白粉を売る女」の牧歌的展開にはなばなしく脚色を加えた、とてつもない話になっている。同様のテーマを扱いながらも、時代の変化を如実に映しだしているといえよう。

籠のなかの小宇宙

「陽羨鵝籠」（呉均著『続斉諧記』）

東晋年間（三一七―四二〇）、陽羨（江蘇省宜興県南）の許彦は、綏安（江蘇省宜興県西南）の山中を歩いていたとき、十七、八歳の書生と出会った。書生は路傍に寝ころがって、足が痛いと言い、許彦が鵝鳥を入れて背負っている籠のなかに、入れてほしいと頼んだ。許彦は冗談だと思ったが、書生はサッサと籠に入ってしまった。不思議なことに、籠は大きくならず、書生も小さくならない。そっくりそのままの姿で、書生は二羽の鵝鳥とならんで座り、鵝鳥の方もぜんぜん驚くふうがない。そこで許彦は籠を背負って歩きだしたが、まったく重みというものが感じられなかった。

さきへ進み、やがて樹の下で一服したところ、書生が籠から出て来て、許彦に言った。

「あなたに粗餐をさしあげたいと思います」

許彦は言った。

「それはけっこうですな」

すると書生は口のなかから、銅製の盤（平たくて大きな鉢）と精巧な作りの箱を吐きだした。箱のなかにはいろいろな料理が入っており、どれもこれも山海の珍味ばかりである。器や皿はすべて銅でできている。しかも、その料理のおいしいことと言ったら、とてもそんじょそこらで味わえるような代物ではない。何度か酒を酌みかわした後、書生は許彦に言った。

「さきほどから女をひとり連れて来ております。今ちょっとここに呼びたいのですが」

許彦は言った。

「いいですよ」

書生は、そこでまた、口から若い女を吐きだした。年のころは十五、六、華やかな衣装をまとった類まれな美貌の持ち主である。この美少女も座につき宴をともにした。

しばらくすると、書生は酔って眠りこんでしまった。と、美少女が許彦に言った。

「私はこの人と結婚していますが、ほんとうは異心を抱いています。そんなわけで、さきほどからひそかに若い男を連れて来ております。主人はもう眠っておりますので、彼をちょっとここへ呼びたいのですが、どうかご内聞にお願いします」

許彦は答えた。

「いいですよ」

すると美少女は、口から若い男を吐きだした。年のころは二十三、四、これまた聡明そうないい男である。男は許彦に向かい、きちんと時候の挨拶をした。そのとき、眠っていた書生が目を覚ましそうな気配がしたため、美少女は、口から錦の屛風を吐きだし目隠しにした。目覚めた書生は、美少女を屛風の向こう側に引き留め、いっしょに寝てしまった。

とりのこされた若い男が、許彦に言った。

「あの女は情が深いのですが、私の方は心から彼女を愛しているわけではありません。私もまたこっそり別の女を同行しております。今ちょっと彼女と会いたいのですが、どうかご内聞にお願いします」

許彦は言った。

「いいでしょう」

若い男は、そこでまた口から二十歳ほどの女を吐きだした。彼らは、二人して酒を酌みかわし、長いこと戯れていたが、やがて屛風の向こうで、書生の動く気配がした。すると、男は、

「あっちの二人が目を覚ました」

と言ったかと思うと、吐きだした女を取りあげ、また口のなかに入れた。まもなく書生のもとから先の美少女が出て来て、許彦に向かい、

「主人がもう起きて来ます」

と言うや、その若い男を飲み込み、一人で許彦と向き合って座った。そのあと、起きて来た書生は許彦に言った。

「ちょっと眠るつもりが長くなってしまいました。あなたお一人で、さぞご退屈なさったことで

しょう。もう日も暮れてまいりましたから、お別れしなければなりません」

言いおわると、また美少女を飲み込み、並べてあったたくさんの銅製の食器もいっさいがっさい、口のなかに納めてしまった。ただ直径約二尺（約五十センチ）以上もある大きな銅製の盤だけを残し、許彦に別れを告げて言った。

「あなたにお礼にさしあげるものもありませんので、どうかこの銅の盤を記念として、お納めください」

後に太元（たいげん）年間（三七六―三九六）、許彦は、蘭台令史（らんだいれいし）（皇帝の印章や文書を管理する役人）の職についたとき、この盤を侍中（じちゅう）（皇帝の顧問）の張散（ちょうさん）に贈呈した。張散が、盤にきざまれた銘を調べたところ、そこには、三百年も前の後漢の永平（えいへい）三年（六〇）に製作されたと記されていた。

（李継芬（りけいふん）・韓海明（かんかいめい）選訳『漢魏六朝小説選訳』下〔上海古籍出版社、一九八八年〕による）

［解説］入れ子細工のミクロコスモス――「籠のなかの小宇宙」について

この奇想天外な物語、「籠のなかの小宇宙」（原題「陽羨鵝籠（ようせんがろう）」、「陽羨書生」ともいう）の作者は、中国の六朝時代、梁（りょう）の文人の呉均（ごきん）（四六九―五二〇）という人物である。呉均は有名な詩人でもあり、その優雅な作風は「呉均体」と呼ばれ、当時、模倣者が続出したとされる。多才な呉均は小説にも筆を染め、『続斉諧記（ぞくせいかいき）』という短篇小説集を編んだ。「籠のなかの小宇宙」は、このなかの一篇である。ちなみに、『続斉諧記』は『隋書（ずいしょ）』経籍志（けいせきし）に全一巻と記されているが、現在は種々の叢書に、つごう十八篇が残されているに過ぎない。

文学史の流れから見ると、三世紀中頃から六世紀末、王朝でいえば晋（しん）から隋（ずい）に至るまでの六朝時代は、「志怪小説（しかい）」のジャンルが大流行した時期にあたる。「志怪」とは文字どおり、「怪を志（しる）（誌）す」という意味である。六朝の志怪小説は、まさにファンタジックな幻想と怪奇の宝庫といっても過言ではない。幽霊譚、妖怪譚、仙人譚等々、

呉均の『続斉諧記』も、この流れのなかで著されたものにほかならず、その発想の多くを過去の志怪小説に負っていることもまた、否めない事実である。この「籠のなかの小宇宙」にしても、

呉均のまったくの独創ではなく、実は、下敷きとなる先行作品が存在する。もともと、ここに見られる、人の身体のなかから次々にものが吐きだされるという発想の原型は、インドから中国に伝わった仏典にあるというのが、もっぱらの通説である。

　こうしたインド伝来の発想に手を加え、志怪小説のなかで最初にとりあげたのが、東晋の荀(じゅん)氏の『霊鬼志(れいきし)』であった。『霊鬼志』の話では、外国から来た僧が、やはり、ある男の籠に入れてもらい、口から女を吐きだして共に食事をした後、眠り込んでしまう。すると、女がまた別の若い男を吐きだし、やがて僧が目覚めると、女は若い男を飲み込み、ついで僧が女を飲み込んでしまう、という筋立てになっている。この話が、「籠のなかの小宇宙」の下敷きになったことは、まず、間違いない。

　ちなみに、「籠のなかの小宇宙」のユニークな魅力に着目し、忘却の淵に埋もれていたこの物語を発掘して、大きくとりあげたのは、魯迅の『中国小説史略』であり、いま述べたことも、ほぼこれによったものである。

「籠のなかの小宇宙」には、たしかにこうして下敷きが存在するのだが、作者呉均は、書生が妻なる美少女を吐きだし、美少女が愛人の若い男を吐きだし、その愛人がまた愛人の女を吐きだすというふうに、物語の構造をいちだんと複雑化させることによって、先行作品をはるかに凌駕する、人を魅きつけてやまない不思議な魅力を作りだすことに、成功した。

「籠のなかの小宇宙」のこの不思議な魅力は、いったいどこからくるのだろうか。この物語の構造は、基本的には明らかに「入れ子細工」型である。あけてもあけても、際限もなく箱が出てくる入れ子細工――。しかし、入れ子細工の場合、次から次に出てくる箱は、サイズが順番に一回りずつ縮小されていくだけで、それぞれの箱じたいはまったく同質である。縮小再生産なのだ。これに対して、「籠のなかの小宇宙」では、書生の身体から次々に吐きだされる美少女、美少女の愛人、その愛人のまた愛人は、けっして本物の入れ子細工のような、すんなりとした同質性をもたない。彼ら相互の関係性は、おそろしく異質な矛盾に満ちている。こうした異質な関係の連鎖を、そっくり飲み込んでいる書生の身体は、だから、葛藤と裏切りの渦巻く人間社会の縮図にほかならないともいえる。つまり、書生の身体は、このようにしてとりもなおさず、ミクロコスモス（小宇宙）を成しているのである。裏切りが裏切りを呼ぶ、一種辛辣なユーモアを帯びたこの幻想のミクロコスモスは、人の社会、人の心に巣くう秘密を、一瞬まざまざと映しだしてみせる。

唐代

枕中記（ちんちゅうき）

唐代伝奇「枕中記」（沈既済（しんきせい）著）

開元（かいげん）七年（七一九。唐の玄宗皇帝の時代）、神仙術を会得した道士の呂翁（りょおう）という者が、邯鄲（かんたん）へ向かう途上、宿屋で一服した。帽子をぬぎ帯をゆるめ、袋にもたれて座っていると、ふいに道を行く若者があらわれた。これぞ盧生（ろせい）である。盧生は丈（たけ）の短い粗末な衣服を身に着けて、黒い馬に乗り、田んぼに行くところだったが、やはり宿屋で一服し、呂翁と同じ敷物に座って、のんびりと談笑した。

しばらくすると、盧生は自分の汚れたボロボロの着物をかえりみて、フーッとため息をついて言った。

「大丈夫（だいじょうふ）（一人前のりっぱな男）がこの世に生きて思いどおりにならず、これほど困窮するとは」

「あなたの姿を拝見すると、何の苦労も病気もなく、楽しそうに話され屈託もなさそうなのに、困窮していると嘆かれるのは、どういうわけですか」と呂翁。

「私はかりそめに生きているだけです。どうして楽しいなどといえましょうか」と盧生。

「これが楽しくなければ、何が楽しいといえましょう」と呂翁。

　盧生は言った。

「士（もともとは卿・大夫・士・庶人の四身分の一つだが、ここでは広く「教養を身につけた社会的人間」の意）たる者がこの世に生まれた以上は、手柄を立て名をあげ、朝廷の外に出れば大将、朝廷の内にあれば大臣となって、ずらりと器を並べて食事し、美声の歌妓を選りすぐってその歌を聞き、一族郎党をますます隆盛に導いてこそ、楽しいといえるのです。私は昔、学問の道に志し、学芸に秀でていたので、壮年（三十歳）になれば高位高官は思いのままだと思っていました。しかし、今はもう壮年に達しようとしているのに、あいかわらず野良仕事に勤しむばかり。これが困窮でなければ何でしょうか」

　そう言いおわると、目がくらみ眠くなってきた。そのとき宿屋の主人はちょうど黄粱（アワの一種、大アワ）を蒸しているところだった。呂翁はそこで袋のなかから枕を出し、盧生にわたして言った。「この枕をすれば、栄耀栄華は思いのままです」

　その枕は青磁で、両端に穴があいていた。盧生が言われるまま枕に頭をつけると、みるみる穴は大きくなり、明るく広がった。そこで身を起こして中に入り、かくして自分の家に着いた。

　数か月して清河（河北省）の崔氏（当時の名門貴族）の娘と結婚した。娘はとても美しく、持参金も多かったので、盧生は大喜びし、以来、衣装や車馬も日ごとに豪華になった。翌年、科挙に合格して進士となり、初任官は秘書省校書郎だったが、詔によって渭南（陝西省）の尉に栄転し、すぐまた監察御史（検察庁長官）に昇進した後、起居舎人（皇帝や朝廷に関する記録を司る重職）、知制誥（詔勅を起草する重職）に栄転した。三年後、地方に出て同州（陝西省）の長官となり、陝州（河南省）の長官に栄転した。盧生は生来、土木工事を好んだため、陝西から八十里にわたって運河を掘り、塞がっていた水路を通じるようにした。土地の者はこれを多として、石碑を建て彼の功徳を顕彰したのだった。

汴州（河南省）の長官に転任し、河南道採訪使（黄河以南の河南道に属する地方役人の業績評価を行う官職）を兼任した後、召し返されて京兆の尹（首都長安の長官）となった。

この年、神武皇帝（玄宗）が異民族と戦い、領土を拡大しようとした。おりしも吐蕃の悉抹邏と燭龍の莽布支が瓜州（甘粛省）と沙州（新疆回族自治区）を攻め落として、節度使（唐・宋において、各地方の軍政や行政をつかさどる長官）の王君㚟が殺され、黄河・湟水一帯（西北辺境地帯）ははげしく動揺した。

皇帝は軍隊を統率しうる有能な人物を抜擢しようと考え、かくして盧生を御史中丞（実質的な検察庁長官）・河西節度使（黄河以西の河西道の長官）に任じた。盧生は異民族軍を撃破して、敵の首を斬りとること七千、領土を九百里拡張し、三つの大きな砦を築いて要衝を防衛した。辺境の住民は居延山（甘粛省）に石碑を建て、その功績を顕彰したのだった。

朝廷に帰還すると手柄を高く評価され、手厚く褒美を賜った。吏部侍郎（官吏の任免などを司る吏部の次官）に転任し、戸部尚書（国家財政を司る戸部の長官）に昇進して御史大夫（官僚の不正を処罰する御史台の長官）を兼任した。当時、その清廉で重厚な人となりによって人望があり、多くの人々が心を寄せた。このため、時の宰相にはなはだ忌み嫌われ、デマによって中傷され、端州（広東省）の長官に左遷されたが、三年後、召し返されて常侍（皇帝の顧問）となり、ほどなく同中書門下平章事（宰相の一人）となった。中書令（宰相の一人）の蕭嵩、侍中（宰相の一人）の裴光庭とともに政権の中枢を担うこと十余年、皇帝のはかりごとや内密の命令を一日に何度も受け、誠心誠意、輔佐したため、賢明な宰相と称賛された。

しかし、同僚にうとまれ、またも辺境の部将と結託して謀反を図ったと讒言され、勅命によって投獄される羽目になった。刑吏が配下を引き連れて屋敷に押し寄せ、緊急逮捕しようとしたとき、不測の事態に恐れおののいた盧生は、涙ながらに妻子に向かって言った。

「私は山東に住んでいたとき、五頃（唐代の一頃は約五万八千平方メートル）の良田を有し、寒さや飢えをしのぐのに十分だった。どうしてわざわざ高い身分を求め、こんなざまになったのだろうか。粗末な服を着て、黒い馬に乗り、邯鄲の道を行こうとしても、もうできなくなった」

刀を引き寄せ、みずから首をかき切ろうとしたが、妻にとめられ思いとどまった。この事件にかかわった者は全員、死罪となったが、盧生だけは宦官の助力で死罪を減じられ、驩州（ヴェトナム）に流刑となった。

数年後、彼が冤罪だと知った皇帝は、ふたたび救いあげて中書令とし、燕国公に封じた。その恵み深いおぼしめしには格別なものがあった。盧生には、倹、伝、位、倜、倚という五人の息子があり、そろって有能だった。倹は科挙の進士科に合格して考功員外になり、伝は侍御史、位は太常寺の丞、倜は万年（陝西省）の尉となった。倚はもっとも聡明であり、二十八歳で左襄（宰相の一人）となった。彼らの結婚相手はみな天下の名家出身であり、孫は十人以上もいた。

　盧生は二度、遠方の僻地に流され、二度、宰相の位に登った。朝廷と地方を往来して要職を歴任し、また次々に最高官庁の長官をつとめること五十年あまり、赫々たる威勢があった。生来、すこぶる贅沢にしてはなはだ快楽を好み、家にかかえる歌妓や側室はとびきりの美女ぞろいであり、皇帝からあいついで賜った良田、りっぱな邸宅、美女、名馬は数えきれないほどだった。晩年、しだいに衰弱してきたため、しばしば退職を願い出たが、許可されなかった。病気になると、見舞いの宦官の車が途絶えることなく、ありとあらゆる名医が遣わされ、上等の薬が下賜された。

　臨終にさいして、盧生は皇帝に上表文を捧げて述べた。

「私はもともと山東の書生で、畑仕事を楽しんでおりましたが、たまたますぐれた天子の御世にあい、官界に身をおくことができました。過分の思し召しを蒙り、格別の恩愛を賜って、地方に出たさいには指揮権をもつ長官に、朝廷では最高官庁の長官に任ぜられるなど、朝廷の内外をめぐって、長い歳月を過ごしてまいりました。天恩をかたじけなくしながら、ご聖徳を広めることもできず、その器でもない者が重任についたために、禍をもたらすのではないかと、薄氷を踏む思いで、毎日恐れおののき、わが身に老いが迫ることにも気づきませんでした。私は今年、八十を超え、最高位の官職を極めました。今や余命も尽きて、筋骨ともに老いぼれ、長患いで気力も衰え果てて、臨終を待つばかりです。かえりみますに、聖徳あふれる御世に報いる何の功績もなく、深いご恩にそむいたまま、永遠にお別れすることになってしまいました。お名残りは尽きませんが、謹んでここに上表文を捧げ、陳謝申しあげます」

皇帝は次のように詔を下された。

「卿(きみ)はすぐれた徳義によって朕(ちん)の輔佐をつとめ、地方に出ては国家を守護し、朝廷にあっては天下を安定させてくれた。無事平穏な時期が二紀（二十四年）もつづいたのは、実に卿のおかげである。近ごろ病にかかったとはいえ、ほどなく治癒に向かうと思っていた。これほどの重病だとは、まことに痛ましいかぎりである。今、驃騎(ひょうき)大将軍の高力士(こうりきし)（玄宗が寵愛した宦官）に命じ卿の屋敷に見舞いに行かせることとした。どうか治療につとめ、朕のために自愛するように。思いまどうことなく、回復をめざすよう願うものである」

この日の夕方、盧生は死去した。

盧生があくびをして目を覚ますと、宿屋で横になったままであり、呂翁が側に座っている。宿屋の主人が蒸していた黄粱はまだできあがっておらず、目にふれるものはすべてもとどおりだった。盧生はびっくりして起きあがって言った。

「夢だったのか」

呂翁が盧生に言った。

「思いどおりの人生とはこんなものだ」

盧生はしばし呆然とし、「名誉と恥辱の道程、困窮と栄達の運命、成功と失敗の道理、死と生の事情は、何もかもわかりました。こうして先生は私の欲望を塞いでくださったのですね。謹んで教えに従います」と感謝の言葉を述べ、座って地面に頭をつけ、深々と二度お辞儀をして去って行った。

（汪辟疆校録『唐人小説』〔上海古籍出版社、一九七八年〕、および成柏泉選注『古代文言短篇小説選注　初集』〔上海古籍出版社、一九八三年〕による）

美女になった狐

唐代伝奇「任氏伝」（沈既済著）

任氏は女妖である。

韋使君（使君は刺史すなわち州の長官の尊称。韋崟がのちに隴州の刺史になったために、こう称する）という者がおり、名は崟といい、排行（兄弟の順番）は九番目であり、信安王李禕（唐第二代皇帝の太宗李世民の孫）の外孫であった。若いころは奔放で、酒好きだった。彼の父方の従妹の夫は鄭六といい、本名は記憶にないが、若いころから武芸を学び、これまた酒と女が好きだった。貧乏で自分の家がないため、妻の一族に身を寄せていたが、韋崟と気が合い、しょっちゅういっしょに出歩いていた。

天宝九年（七五〇。唐の玄宗皇帝の時代）夏六月、韋崟は鄭六とともに、長安の町なかに行き、新昌里で酒を飲もうとした。宣平里の南まで来たとき、鄭六は用事があるから失礼させてもらうが、おっつけまた韋崟が飲んでいる所に行くと言った。

韋崟は白馬に乗って東へ向かい、鄭六は驢馬に乗って南へ向かい、昇平里の北門を入った。と、三人の女性が道を行くのに出くわした。なかに、白衣の女性がおり、抜群の美貌だった。鄭六は彼女を見ると、驚き喜び、驢馬に鞭うって、後になったり先になったりして、誘いをかけようとしたが、そうもできずにいた。白衣の女性はしきりに彼に目をやり、誘いを受ける気があるようだった。鄭六は戯れかかって言った。

「これほど美しい方なのに、歩いて行かれるとは、どういうわけですか?」

白衣の女性は笑いながら言った。

「乗り物をお持ちなのに、貸してくださる気もないのだから、歩いて行くしかありませんわ」

鄭六は言った。

「お粗末な乗り物で、美しい方の足の代わりには不十分ですが、今すぐお貸しします。私は歩いてお供をすれば十分ですから」

二人は顔を見合わせて、大笑いした。同行の女性たちもさらに目で誘いをかけ、しばらくすると馴れ合って親しくなった。

鄭六は彼女たちについて東へ向かい、楽遊原(長安近郊の景勝地)にやって来たときには、すでにとっぷりと日が暮れていた。と、一軒の邸宅が目に入った。土塀に車用の門があり、家屋はたいへん壮麗だった。白衣の女性はなかへ入ろうとし、ふりかえって、「ちょっとお待ちくださ い」と言うと、〔侍女を一人つれて〕入って行った。

お付きのもう一人の侍女が、門と塀の間に残り、鄭六に姓と排行をたずねた。鄭六はそれに答えてから、白衣の女性の姓と排行を聞くと、侍女が答えて言った。

「姓は任氏、排行は二十番目です」

しばらくすると、案内されてなかへ入ることになり、鄭六は驢馬を門に繋ぎ、帽子を鞍《くら》に置いた。最初に年のころ三十余りの女性があらわれ、応対してくれた。これぞ任氏の姉だった。

ずらりと灯りが並んでお膳が置かれ、数回、杯がまわされたころ、任氏が着替えをしてあらわれ、心ゆくまで酒を飲み楽しみを尽くした。夜が更けるといっしょに寝たが、そのあでやかな姿と麗《うるわ》しい品性、歌ったり笑ったりするようすや身ぶりは、すべて艶麗であり、ほとんどこの世のものではなかった。

夜が明けるころ、任氏は言った。

「お帰りください。私の兄弟は名前を教坊《きょうぼう》（音楽や官妓を取り締まる部署）に登録し、南衙《なんが》（宮城の南）でお勤めしています。朝早く起きて退出しますので、いつまでもいらっしゃってはなりません」

そこでまたの逢瀬《おうせ》を約束して立ち去った。

道を行き、里門（町の出入口の門）に近づいたが、まだ門の戸は開いていなかった。門の側で胡人《こじん》（異民族の男）が餅《ビン》（小麦粉をこねて円盤状にし、蒸したり焼いたりしたもの）を売っている店があったが、やっと灯りをつけ、炉の火をおこしたところだった。鄭六はその簾《すだれ》の下で休んで、時を知らせる太鼓を待ちながら、餅屋のあるじと話をした。鄭六は泊まった場所を指さして、あるじに聞いて言った。

「ここから東にまがったところに門があるが、どなたのお屋敷かな？」

あるじは言った。

「あそこは塀も崩れた荒れ地で、お屋敷なぞありませんよ」

「今さっき立ち寄ったばかりなのに、どうしてないなどと言うのかね」と、鄭六は断固として異を唱えた。あるじははたと悟って言った。

「ああ！　私は知っています。あのなかに、狐が一匹いて、しばしば男を誘っていっしょに寝るとか。今までに三度、ありましたよ。あなたも出くわしたのですか？」

鄭六は顔をあからめ、ごまかして「そんなことはないよ」と言った。夜が明け、もう一度、そこを見に行ったところ、土塀や車門は先に見たとおりだが、なかをのぞいて見ると、すべて草ぼうぼうで荒れ地と荒れた畑があるだけだった。

鄭六が帰ってから韋崟に会うと、韋崟は約束を破ったと鄭六を責めたが、鄭六は事実を打ち明けず、ほかのことにかこつけて弁解した。しかし、彼女のあでやかな姿を思い浮かべては、もう一度会いたいと願い、思いつづけて片時も忘れたことがなかった。

十日ほど後、鄭六はぶらぶらと出かけて、西の市場の衣料店に入ったところ、チラッと彼女を見かけた。以前の侍女がつき従っていた。鄭六は慌てて呼びかけたが、任氏は身体を斜めにして、人ごみのなかを縫うように行き、彼を避けた。鄭六はつづけさまに呼びかけながら、前へ進んで追い迫ると、任氏はようやく背中を向けて立ちどまり、扇子で背後を遮り隠して言った。

「あなた、〔私の正体が〕わかっているのに、どうして近づくの？」

鄭六は言った。

「わかっていても、何を恐れることがあるでしょうか？」

「恥ずべきことですわ。あなたに合わせる顔がありません」と任氏。

「こんなにいつも恋い焦がれているのに、見捨てて平気なんですか？」と鄭六。

「どうして見捨てることができましょうか？　あなたに嫌われるのを、恐れているだけですわ」

と任氏。

鄭六は誓いを立て、その言葉はいっそう切実さを増した。任氏はふりかえって見て、扇子をはずしたところ、その輝かしい艶やかさは最初のままであった。彼女は鄭六に言った。

「この世には私と同じような者はたくさんおり、あなたがご存じないだけですわ。私だけを責めないでくださいね」

鄭六はいっしょに楽しもうと懇願すると、任氏は答えて言った。

「およそ私のような類の者が、人に嫌がられるのは、ほかでもなく、人を傷つけるからです。私はそうではありません。もし、あなたが嫌がられないなら、生涯、お仕えしたいと思います」

鄭六は承知し、彼女と住まいについて相談した。任氏は言った。

「ここから東に、大木が棟の間から生えた家があり、町並みもひっそりと静かですから、借りて住むのによろしいわ。以前、宣平里の南から、白馬に乗って東に行かれた方は、あなたの奥さまのご兄弟（実際にはいとこ）ではありませんか？　あちらのお宅にはたくさん家財道具がありますから、拝借されたらよろしいわ」

　このとき、韋崟の叔父たちが地方へ赴任しており、三軒の家財道具がすべて韋崟のもとに預けられていた。

　鄭六は言われたとおり、韋崟の屋敷を訪ね、家財道具を借りようとした。韋崟が何に使うのかとたずねると、鄭六は言った。

「美女をひとり手に入れ、すでに住まいは借りることができましたので、家財道具をお借りして備えたいのです」

　韋崟は笑いながら言った。

「きみの容貌から見るに、きっとブスを手に入れたにちがいない。絶世の美女のはずがない」

　韋崟はそこで帷帳（いちょう）（垂れ幕）や榻席（とうせき）（寝台）など家財道具を何もかも貸してやり、機転の利く召使いについて行かせ、ようすをうかがわせた。まもなく召使いは走って来て報告したが、身体じゅう汗まみれだった。韋崟は彼を迎えて、「いたか？」と聞き、さらにたずねた。

「器量はどうだ？」

「不思議なことです！　天下にお目にかかったことがないほどです」と召使い。

韋崟には姻戚が数多く、しかも若いころ放蕩三昧だったので、多くの美女を知っていた。そこでたずねて言った。

「誰々と比べてどっちがきれいだ？」

「比べものになりません」と召使い。

韋崟はあまねく四、五人の美女と比べたが、召使いはすべて「比べものになりません」と言う。当時、呉王（先述の信安王李禕の父である李琨）の六女は韋崟の妻の妹だったが、花のごとく艶麗で仙女のようであり、親類のうち、以前から筆頭に推されていた。そこで韋崟はたずねて言った。

「呉王の家の六番目の娘と比べてどっちがきれいだ？」

召使いはまた言った。

「比べものになりません」

韋崟は手を叩きながらびっくり仰天して言った。

「天下にそんな人がいるだろうか？」

急いで水を汲ませて首を洗い、頭巾をかぶって膏唇を塗ると、出かけて行った。〔鄭六の貸家に〕やって来たとき、鄭六はたまたま外出中だった。韋崟が門に入って見ると、若い下僕が箒を手に掃除をし、侍女がひとり門のところにいる以外、誰もいない。若い下僕にたずねると、笑いながら言った。

「誰もいません」

韋崟が室内をのぞくと、紅い裳(スカート)が戸の下からはみ出ているのが目に入った。近づいてよく見ようとすると、任氏が身を隠して戸板の後ろに隠れた。韋崟が引っぱりだして、明るいところで見ると、聞きしに勝る美貌だった。韋崟は一目惚れして狂ったようになり、抱きかかえて手籠(てご)めにしようとしたが、任氏は言うことをきかない。韋崟は力で従わせようとし、差し迫った状態になったとき、任氏は言った。

「従いますから、ちょっと手をゆるめてください」

従うと言った後も、初めと同様、抵抗し、そんなことが数度つづいた。韋崟はありったけの力を出して迫り抱きしめると、任氏は力尽き、汗みずくになった。任氏はもう逃げられないと思い、身体の力をぬいて、二度と抵抗しなくなったが、がっくりと意気消沈したようすだった。韋崟がたずねて言った。

「どうしてうれしそうではないのか?」

任氏はフーッとため息をついて言った。

「鄭六さんがかわいそうです」

「どういう意味だ?」と韋崟。

「鄭六さんは六尺の身があるのに、一人の女を守ることもできないのだから、一人前の男とはいえません。一方、あなたは若いころから派手で贅沢、きれいな女性も数多くわが物にしておられ、私くらいの者にもたくさん出会っておられます。でも、鄭六さんは貧乏で身分も低く、心にかなう者は、私一人だけです。余裕たっぷりなのに、満ち足りない他人のものを奪い取って、よく平気でいられますね。哀れにも、彼は貧乏で、自立できず、あなたの衣服を着、あなたの食べ物をいただいているために、あなたの意のままになっているだけなのです。もし、まずい食べ物でも自分でつごうできれば、こんなことにはならなかったでしょうに」

韋崟はずばぬけてすぐれた人物で烈々たる義侠心の持ち主だったので、その言葉を聞くや、慌てて彼女を放し、襟を正してあやまった。

「すまない」

まもなく鄭六が帰って来て、韋崟と顔を合わせ、楽しく過ごした。

これ以後、任氏の柴、米、肉は、すべて韋崟がめんどうをみた。任氏は時々、韋崟の家に立ち寄ったが、出入りは車だったり馬だったり輿(こし)だったり徒歩だったりで、いつも長居するわけではなかった。韋崟は毎日、彼女と往来し、たいへん喜んで、いつも馴れ親しみ、どんなことでもしたけれど、ただ乱れることだけはなかった。こうして韋崟は彼女を愛し、大切に思って、惜しみなく愛しつづけ、ちょっと食事をしたり飲んだりする間も、忘れたことがなかった。

任氏は彼が自分を愛してくれていることを知っていたので、言葉で感謝の気持ちを表して言った。

「あなたがたいへん愛してくださっていることを、申しわけなく思います。思うに、賤(いや)しいこの身では、ご厚意に報いることはできず、また鄭六さんを裏切ることもできませんので、あなたに思いを遂げさせてあげることはできません。私は秦（甘粛省天水県を中心とする地域）の出身で、秦の町で大きくなりました。家はもともと楽師で、父方と母方の姻戚には、人の側室になっている者がたくさんおり、このため長安の花柳界は、誰も彼も知り合いばかりです。もし、気に入っているのにわが物にできない美しい人がいたら、あなたのために取り持つことができます。それでご恩返ししたいと思います」

韋崟は言った。

「それはもっけの幸いだ！」

市場のなかで衣料を売っている張十五娘という女性がおり、真っ白でなめらかな肌をしていたので、韋崟はいつも好ましく思っていた。そこで任氏に知り合いかとたずねたところ、答えて言った。

「あれは私のいとこですから、取り持つのは簡単です」

十日余りたつと、果たせるかな、取り持ってくれたが、韋崟は数か月で飽きてしまい終わりになった。任氏は言った。

「市場の者は取り持つのが簡単ですから、腕をふるうまでもありませんわ。もし、世間から離れていて、モノにしにくい人がいたら、おっしゃってみてください。知恵を尽くして手に入れたいと思います」

韋崟は言った。

「去年の寒食節（冬至の後、百五日目に当たる日の前後三日間ほど。この間、火を焚くことが禁止され、冷たい物を食べる）に、友人二、三人と千福寺に出かけ、刁緬将軍が本殿で音楽を演奏しているのを見かけた。そのなかに、上手に笙を吹く娘がおり、年のころは十六歳ほど、鬟（たばねて輪にした髪）が二つ、両耳に垂れ、なまめかしい姿でとびきり艶やかだった。この娘を知っているかい？」

任氏は言った。

「それは将軍が寵愛されている侍女です。あの娘の母親は私のいとこです。彼女を取り持ってもよろしいわ」

韋崟は座席から下りて拝礼し、任氏は承知した。そこで刁家に出入りするようになった。一か月余りたち、韋崟が催促してどんな計画かとたずねた。任氏は賄賂にするからと、二匹（一匹は四丈、唐代では一二メートル余り）の縑（合わせた糸でかたく織った絹）を求めた。韋崟は言うとおり彼女に与えた。

二日後、任氏が韋崟とちょうど食事をしていたとき、刁緬の下僕が黒馬を引いて、任氏を迎えに来た。任氏はお召しだと聞くと、笑いながら、韋崟に言った。

「うまくいったわ」

最初、任氏はかの寵愛されている侍女に術をかけて病気にかからせ、針や薬で治療しても快方に向かわなかった。侍女の母親と刁緬はたいへん心配し、巫女を呼んで来ようとした。任氏はこっそり巫女に賄賂をわたして、彼女（任氏）の住んでいる所を教え、そこに行けば吉だと言わせるようにした。巫女は病気を診察したとき、言った。

「お宅におられるのはよくありません。東南のこれこれの所に移られるとよろしい。それで生気が取りもどせます」

刁緬と侍女の母親がその地を調べると、任氏の屋敷がそこにあった。かくて、刁緬は住まわせてもらいたいと頼んだが、任氏はわざと手狭を口実に断り、何度も頼まれた後、承知した。そこで、刁緬は日常の愛用品を運び込み、侍女を母親ともども任氏のもとに送りとどけた。到着すると、病気はよくなった。数日もたたないうちに、任氏はひそかに韋崟を手引きして侍女と情を通じさせたところ、一か月たつとなんと身ごもってしまった。その母親は恐れおののき、慌てて帰って刁緬に仕えさせ、これで縁が切れたのだった。


ある日、任氏は鄭六に言った。

「銭五、六千を調達できますか？　あなたに儲けさせてあげますから」

鄭六が「わかった」と言い、人から借りて、銭六千を手に入れると、任氏は言った。

「市場で馬を売っている者がいて、馬の腿（もも）に傷があれば、買って飼育なさるとよろしいわ」

鄭六が市場に行くと、果たせるかな、馬を引いて売っている者がおり、左の腿にちょっとした傷があった。鄭六がその馬を買って帰宅すると、妻の兄弟はみなあざ笑って言った。

「これは廃物だ。買ってどうするのか？」

まもなく、任氏は言った。

「馬を売りなさい。三万銭が手に入ります」

鄭六がそこで売りに出すと、二万銭の値をつけた者がいたが、鄭六は売らなかった。市場じゅうの者が言った。

「向こうはどうして奮発して高値で買うと言い、こっちはどうして惜しんで売らないのだろうか？」

鄭六がこの馬に乗って帰宅すると、買い手は門までついて来て、じりじりと値段を上げ、二万五千銭まで来たが、鄭六はなおも売らず、言った。

「三万銭でなければ売らない」

妻の兄弟が集まって彼を罵（ののし）ったので、鄭六はやむなく売り、けっきょく三万銭にはならなかった。鄭六はひそかに買った者にさぐりを入れ、買ったわけをたずねた。すると、昭応県の皇帝用の馬で腿に傷のあるものが三年前に死に、この馬役人はもうすぐクビになるところだった。役所ではその馬の値段をつけて、合計六万銭とした。だから、もし半値（三万銭）で買ったとしても、役人が弁償せずにすむ分はまだ多い。また、もし馬がいて、数がそろっていれば、三年間の飼料代はすべて役人の手に入り、弁償金も少なくてすむ（唐代の官馬に関する規則の詳細は不明だが、馬役人が買い取った馬の代金すなわち弁償金の二万五千銭を、飼料代でかなり補塡（ほてん）できるという意味であろう)。それで買ったのだった。

任氏はまた衣服がボロボロになったので、衣服がほしいと、韋崟に頼んだ。韋崟はきちんと整った綵(あやぎぬ)の反物を買って、彼女に与えようとすると、任氏はほしがらず、「仕立て上がりのものをお願いします」と言った。韋崟は市場の商人の張大(ちょうだい)を呼んで買ってやろうとし、任氏に会わせて、好きなものをたずねさせた。張大は彼女に会うと、仰天して韋崟に言った。

「あの方はきっと天女か高貴な身分のお方で、あなたが盗んで来られたのでしょう。もともと俗世にいるような方ではありませんから、すみやかにお帰りいただき、災難に遭わないようになさいませ」

任氏の美貌はこれほど人を感動させたのである。

任氏はけっきょく仕立て上がりの衣服を買い、自分で裁縫しなかったのだが、その意味はわからなかった。

一年余り後、鄭六は武官に任ぜられて、槐里(かいり)府の果毅尉(かきい)(武官の職名)になり、金城(きんじょう)県(甘粛省蘭州市)に住むことになった。当時、鄭六には正妻があり、昼は表でブラブラしていても、夜は家で寝ており、夜ずっと任氏といられないことをたいへん残念に思っていた。そこで赴任にあたり、任氏にいっしょに行ってほしいと頼んだが、任氏は行きたがらず、言った。

「一か月くらいいっしょに行っても、楽しむには不十分です。生活費を計算してわたしてくださったら、心静かに暮らして、お帰りを待っています」

鄭六はねんごろに頼んだが、任氏はますますダメだと言う。そこで鄭六は韋崟に助けを求め、韋崟はいっしょになっていっそう熱心に勧め、また、行かない理由を問い詰めた。と、任氏はしばらくして、言った。

「巫女が言うには、私が今年、西の方に行くのはよくないとのこと。それで行きたくないのです」

鄭六は任氏に夢中だったので、ほかのことには思いおよばず、韋崟とともに大笑いしながら、「賢い人がこんなふうに妖言に惑わされて、どうするんですか！」と言い、つよく頼み込んだ。任氏は言った。

「もし、巫女の言うことが当たって、あなたのために無駄死にしたら、何のいいこともないわ」

二人は、「そんなバカな話があるものか！」と言い、やっぱりつよく頼み込んだので、任氏はしかたなく行くことにした。

韋崟は馬を貸し、臨皋（長安郊外）まで見送って送別の宴を催し、別れを告げて立ち去った。それから鄭六一行は二晩泊まって、馬嵬（陝西省興平県西）までやって来た。任氏は馬に乗って前を行き、鄭六は驢馬に乗ってその後を行き、侍女は別の乗り物でまたその後を行った。

このとき、西門の馬役人が猟犬を洛川（陝西省洛川県）で訓練しており、もう十日たっていた。たまたま道でこれに出くわし、青みがかった灰色の犬が草むらからパッと跳びだした。鄭六は、任氏がふいに地面に落ち、もとの狐の姿になって南へ駆けて行くのを見た。と、その犬が追いかけて行き、鄭六も後について走りながら大声で呼んだが、止めることはできず、一里余りで、任氏は犬につかまってしまった。

鄭六は涙ながらに、財布から金を出し、その屍（しかばね）を買いもどして埋葬し、木を削って墓標とし目印にした。任氏の乗っていた馬はどこかと見回すと、道端で草を食（は）んでおり、彼女の衣服はすべて鞍の上に置き去りにされ、履（くつ）や襪（くつした）はまだ鐙（あぶみ）の間にひっかかっており、まるで蟬の抜け殻のようだった。ただ、装身具が地面に落ちているだけで、ほかの物はまったくなく、侍女も姿を消していた。

十日余りして、鄭六が長安の町へ帰ると、韋崟は彼を見て大喜びし、出迎えて言った。

「任氏は変わりないかね？」

鄭六はハラハラと涙を流しながら言った。

「亡くなりました」

これを聞くと、韋崟も大声をあげて泣き、二人して部屋で手を取り合いながら心から悲しんだ。それからゆっくりどんな病気で亡くなったのかとたずねると、鄭六は答えて言った。

「犬に咬（か）み殺されました」

「犬は獰猛（どうもう）とはいえ、どうして人を咬み殺すことがあるか？」と韋崟。

「人ではないのです」と鄭六。

韋崟は仰天して言った。

「人でないなら、何だ？」
鄭六がそこではじめて初めから終わりまで説明すると、韋崟は驚き訝しみ、しきりにため息をついた。

　翌日、馬車を呼んで、鄭六といっしょに馬嵬まで行き、墓を掘り返してよくよく見ると、長く慟哭しながら帰途についた。以前のことを思い返すと、衣服を自分で裁縫しないところのみ、人と少し違っているだけだった。

　その後、鄭六は総監使（宮苑、官馬の飼育などを管理する役人）になり、大金持ちになって、馬屋に繋がれた馬は十頭余りもいた。六十五歳で死去した。

　大暦年間（七六六―七七九）、わたくし沈既済は鍾陵県（江西省進賢県西）に住んでおり、いつも韋崟と行き来し、しばしばこの話を聞いたので、もっともよく知っていた。その後、韋崟は殿中侍御史になり、隴州刺史（隴州は陝西省済陽県を中心とする地域）を兼任して、その地で死去し、都に帰らなかった。

　ああ、異類（人間以外の鬼神・妖怪・禽獣の類）の情愛にも、人と同様の道理があったのだ！乱暴な者に遭遇しても節義を失わず、愛する人に従って死に至ったのだから、今どきの女性であっても、かなわない者がいるだろう。残念ながら、鄭六には見識がなく、ただ彼女の美貌を愛でるだけで、彼女の性情がわからなかった。もし、広く深い知識の持ち主なら、必ずや変化の道理を探り、神と人の間を見極め、美しい文章を書き著して、精緻で奥深い感情を伝え、ただその立ち居振る舞いや容姿を褒めて楽しむだけではなかったろう。残念なことよ！

建中二年（七八一）、私は左拾遺（官名）から、金吾将軍の裴冀、京兆少尹の孫成、戸部郎中（官名）の崔需、右拾遺の陸淳とともども東南に流され、秦から呉に向かったさい、水路も陸路もいっしょに行った。そのとき、前の拾遺の朱放が旅行中で、この一行について来た。潁水を過ぎ淮水を渡って、船が流れに沿って運航したとき、昼は宴会を開き、夜は話をして、めいめい怪異な話をした。一同は任氏の話を聞くと、ともども深く感嘆して驚き、私にこの話を伝え、その不思議な出来事を記すようにと言った。沈既済著す。

（汪辟疆校録『唐人小説』〔上海古籍出版社、一九七八年〕、および成柏泉選注『古代文言短篇小説選注　初集』〔上海古籍出版社、一九八三年〕による）

離魂記

唐代伝奇「離魂記」（陳玄祐著）

天授三年（六九二）、清河（河北省）出身の張鎰は、役向きで衡州（湖南省）に移り住んだ。彼は大まかでもの静かな性格だったので、親しい友人も少なかった。息子はなく、娘が二人いた。上の娘は夭折したが、下の娘の倩娘は類まれな美少女であった。

張鎰の外甥（他家に嫁いだ姉妹の息子）にあたる、太原（山西省）出身の王宙は幼いころから聡明で、絵にかいたような美青年だった。張鎰はつねづね彼の才能を認め重んじ、いつも「そのうち倩娘を嫁がせよう」と言っていた。やがて王宙と倩娘はそれぞれ成長し、寝ても覚めても思い合うようになったが、家の者は誰も気づかなかった。

その後、幕僚のうちで、やがては抜擢、登用されるという人物が倩娘に求婚してくると、張鎰は承諾した。倩娘はこの話を聞いてふさぎこみ、王宙も深く怒り怨んだ。王宙は官吏選考に応募すると口実をもうけて、都に行きたいと頼み、張鎰がとめてもきかなかったので、手厚く餞別を与えて送りだした。王宙はひそかに怨み嘆き、嗚咽しながら、別れを告げて船に乗りこんだ。

日暮れになり、船は山に沿った町から数里の地点に停泊した。王宙が夜中になっても、寝つけずにいると、ふいに岸辺から誰かが足早にやって来る音がしたかと思うと、あっというまに船まで来た。誰かと聞けば、なんと倩娘が裸足で歩いて来たのだった。王宙は狂ったように驚き喜び、彼女の手をとってわけをたずねた。倩娘が泣きながら言った。

「あなたはこんなに私を思ってくださり、私も寝ても覚めてもあなたを思いつづけています。今、私のこの気持ちは踏みにじられようとしていますが、あなたの深い思いが変わらないことを知り、この身を捨てておこたえしようと決心しました。それで、家を逃げだし追いかけて来たのです」

王宙は思いもかけないことで、躍りあがって喜んだ。かくて、倩娘を船内に隠し、夜どおし船を急がせて逃げた。以来、夜を日についで道を急ぎ、数か月で蜀に到着した。

以来およそ五年、息子が二人生まれたが、張鎰とは音信不通のままだった。妻の倩娘はいつも父母を思っては涙を流し、泣きながら言った。

「私は以前、あなたの気持ちに背くことができず、父母を捨ててあなたのもとに奔（はし）りました。もう五年になりますが、恩愛あふれる父母とは隔てられたままです。この天地のもとで、私ひとり生きていては父母に顔向けできません！」

王宙は妻を哀れんで言った。

「連れて帰るから、心配するな」

かくしていっしょに衡州に帰ることにした。到着すると、王宙はまず一人で張鎰の屋敷に出向き、何はさておき事件のことを詫びた。すると張鎰が言った。

「倩娘はここ数年、居間で病床に伏しているぞ。どうしてデタラメを言うのか！」

「船にいますよ」と王宙。

張鎰は仰天して、さっそく使いの者をやってようすを見させた。果たせるかな、倩娘は船中におり、にこやかに使いの者にたずねた。

「おとうさまはお元気ですか？」

使いの者は不思議に思い、飛んで帰って張鎰に報告した。

居間にいた倩娘はこの話を聞くや、喜んで起きあがり、化粧して着替えをした。笑みを浮かべていたものの、何も言わず、表に出て〔もう一人の倩娘を〕迎えるや、パッと合体したが、その衣装は〔一つにならず〕重なりあっていた。

張鎰の家では、この事件がまっとうでないと考えて秘密にし、ただ親類のなかにひそかにこの事を知る者がいるだけだった。その後四十年がたち、王宙・倩娘夫妻は二人ともこの世を去ったが、息子二人はそろって科挙に合格し、県丞（副知事）、県尉（警察署長）に至った。

わたくし玄祐は幼いころ、よくこの話を聞いたけれども、異同が多く、また作り話だという者もいた。

大暦年間（七六六―七七九）末、たまたま萊蕪県知事の張仲覲と出会ったところ、彼はこの話の一部始終をくわしく話してくれた。張鎰は仲覲の堂叔（父の従弟）にあたるため、彼の話は委曲を尽くしたものであった。そこでこれを記録した。

（汪辟疆校録『唐人小説』〔上海古籍出版社、一九七八年〕、および成柏泉選注『古代文言短篇小説選注　初集』〔上海古籍出版社、一九八三年〕による）

［解説］発想豊かな傑作群――「唐代伝奇」について

唐代伝奇とは、唐の時代に文人によって書かれた短篇小説のジャンルの総称である。仙人や妖怪など奇怪なものが登場するシュールな怪異譚から、恋愛や復讐など、現実の人間社会におけるもろもろの「奇」、すなわち奇抜で不可思議な出来事を描くものまで、多種多様の作品がある。総じて、こうしたさまざまな「奇」を描き「伝」えることを旨とするため、「伝奇」と称される。

「枕中記」「美女になった狐」（原題「任氏伝」）の著者、沈既済は生没年不詳だが、唐の建中年間初め（七八〇年ごろ）、官界に入り、歴史家として名を馳せたという。後世広く流布した成句「邯鄲の夢」の典拠として知られる「枕中記」は、唐代伝奇の傑作の一つである。

この作品は、先に『捜神後記』の解説で述べたように、異界訪問譚の三つのケースのうち、第二の「異界の時間の流れの方が人間世界よりもずっとはやい場合」にあたる。道士の呂翁のはからいで、異界すなわち枕の中の世界に入り込んだ主人公の貧乏書生、盧生は数十年にわたって栄枯盛衰を味わい尽くし、はたと目が覚めれば、現実では彼が眠る前に、宿屋の主人が蒸していた黄粱飯もまだできあがっていない。この不思議な体験によって、盧生は世の無常と欲望の空しさを痛感するに至る、というのがその結末である。

ちなみに、唐代伝奇のうち、うたた寝をしている間に、槐(えんじゅ)の木の穴からアリの王国に入り込んだ人物の夢体験を描く李公佐(りこうさ)著「南柯太守伝(なんかたいしゅでん)」の物語展開も、この「枕中記」と同工異曲である。

「美女になった狐」も唐代伝奇の傑作である。狐の化身の美女任氏と鄭六なる人間の男との恋の顚末を描く本作は、いわゆる「異類婚」の物語である。狐の変化(へんげ)の美女（もしくは美男）が人間の男（もしくは女）を惑わし翻弄する話は、唐代伝奇に先立つ六朝志怪小説においても数多く見えるが、その正体が露見するや、人間（相手の場合もあれば、第三者の場合もある）によって殺されてしまうケースがほとんどだ。

しかし、この「美女になった狐」においては、任氏が狐の化身であることを百も承知で、鄭六は任氏を愛しつづけ、任氏もそんな鄭六の思いに誠心誠意、こたえようとする。最後は思わぬ悲劇に見舞われるとはいえ、ここでは異類と人間の境界は無化され、彼らはあくまでも共生しつづけようとする。まさに異類婚の夢である。

こうした展開は異類婚譚ではきわめて稀(まれ)であり、六朝志怪小説に見られるように、異類と人間の間に厳然と境界を設定し、異類が人間世界に入り込むことを峻拒(しゅんきょ)する発想が、この種の物語では、その後も主流を占めつづける。

しかし、これもまた、狐ならぬ蛇の化身の美女が登場する「白蛇伝」系統の物語に至るや、異類が彼女を排除しようとする人間世界に対し、唯々諾々と排除されてなるものかと、果敢な逆襲を試みる展開へと移行してゆく。とりわけ、十七世紀初めの明末に編纂された三部の短篇小説集「三言」の一つ、『警世通言』（巻二十八）に収められた、「白娘子 永えに雷峰塔に鎮めらるること」においては、白蛇の化身の美女、白娘子が、その正体に気づき逃げ腰になる恋人を、徹底的に追い詰めるさまが、迫力満点、鮮烈に描かれている。本書では、この物語もとりあげたので、参照されたい。

いずれにせよ、この「美女になった狐」は時代を問わず、異類婚譚に常套的な、まがまがしい異類排除の論理をさりげなく突き抜けた、特筆すべき作品だといえよう。

「離魂記」の著者、陳玄祐は生没年不詳。伝記も不明だが、中唐（七六六―八三五）の代宗（七六二―七七九在位）時代に生き、大暦年間（七六六―七七九）末、「離魂記」を著したとされる。

この話は、恋する少女のドッペルゲンガー（分身）をテーマとしたものであり、その構成や展開の完成度はきわめて高い。唐代伝奇に先立つ六朝志怪においても、死者の魂が遊離する話は、枚挙にいとまがないほどあるが、現身からの魂の遊離をテーマとする分身譚は見かけたことがない。

このユニークな恋物語は後世の戯曲や小説に大きな影響を与え、その分身幻想はさまざまな形で、繰り返しとりあげられた。鄭光祖の著した元曲（元代の戯曲）「倩女離魂」はその代表的な作品である。この作品は大筋において「離魂記」を踏襲しているが、そのストーリー展開ははるかに委曲を尽くしたものであり、ときにコミカルなドタバタ喜劇の要素をも巧みに盛り込みながら、観客を飽かせることなく大団円まで誘導する仕掛けになっている。

いずれにせよ、「離魂記」を原型とするこうした分身の物語は、若い恋人たちが現実のしがらみを超えて、自在に生きようとする願望をシュールな手法で、成就させたものにほかならない。

宋代

居酒屋の娘

「呉小員外」（洪邁著『夷堅志』甲志巻四）

趙応之は南京（北宋の応天府。河南省商丘県）の宗室（天子の一族）だが、弟の茂之といっしょに都（北宋の首都開封）にいて、財産家の呉小員外（員外は財産家などにつける尊称、旦那。小員外は若旦那）と毎日、気ままにブラブラしていた。春の季節に、金明池（開封の順天門の外にある広大な池）のほとりへやって来て、小道を歩いていると、居酒屋があった。花や竹が生い茂り、器物がずらりと並んで、このうえなくさっぱりと垢抜け、好ましい風情だったが、シーンとして人の声もせず、酒を売っている娘は年頃でとびきり美しかった。三人は立ち寄って酒を買い、応之は娘を指さしながら呉生（呉小員外。生はここでは若い知識人につける尊称）に言った。

「ここに呼んで酒を勧めたらどうだい？」

呉生が大喜びして、声をかけて呼ぶと、娘はうれしそうに承知し、席に着いた。ちょうど杯を挙げたとき、娘は父母が外から帰って来たのを見て、慌てて立ち上がった。三人はすっかり興がさめ、ともども後のことはうち捨てて、立ち去った。おりしも春が過ぎ去り、また訪れることはなかったが、慕わしく思う気持ちは夢にあらわれた。

翌年、連れだって以前訪れた所を捜し、そこへ行ったところ、その居酒屋はひっそりと静まり返り、酒を売る娘の姿もなかった。またしばらく休息して酒を頼み、その家の者にたずねた。

「去年、こちらに立ち寄ったとき、娘さんを見かけましたが、今、どこにおられますか?」

爺さんと婆さんは眉をしかめて言った。

「わしらの娘ですよ。去年、一家じゅうで墓参りに行き、この娘が一人で留守番していました。わしらがまだ帰らないうちに、浮ついた三人の若者があらわれ、やつらの言いなりになって酒を飲んでいたので、わしは、嫁入り前の娘がこんなことをしたら、嫁に行けなくなるぞと、ちょっと叱りました。すると、すっかり落ち込んで、数日もたたないうちに、死んでしまいました。今、家の側に小さな墓がありますが、それが娘の墓です」

三人はそれ以上たずねることもできず、そそくさと酒を飲みおえると、帰途についたが、道々、嘆き悲しんだのだった。

すでに日が暮れ、城門に近づいたころ、思いがけず、あの娘が頭を布で覆ってフラフラとあらわれ、呼びかけて言った。

「私こそ去年、池のほとりでお会いした者です。員外さまは私を訪ねて家に行かれたのではありませんか? 両親はあなたに諦めてもらうため、私が死んだとウソをつき、からっぽのお墓を作ってお見せしたのです。私も春じゅう、あなたを捜していましたが、幸いお会いできました。今は城内の路地に引っ越しましたが、たいへん広くてすっきりした家です。いっしょにいらっしゃいませんか？」

三人は喜んで馬を下り、いっしょに行った。到着すると、いっしょに酒を飲み、呉生は後に残って泊まった。

行き来すること三か月、呉生の顔は日増しにやつれてきた。呉生の父は趙兄弟を責めて言った。

「きみたちはうちの息子を誘ってどこへ行ったのか？　今、病状がこんな具合だから、万一、起きられなくなったら、きっとお上に訴えるぞ」

趙兄弟は震えあがって冷や汗をかき、内心、やはり疑惑を抱いた。皇甫(こうほ)法師がうまく幽霊退治すると聞き、出かけて行って会い、頼んで呉生を見てもらった。皇甫法師は見たとたん、仰天して言った。

「鬼気（幽霊の力）が非常につよく、その祟りは深刻だ。すみやかに西方三百里の外に避難したほうがよろしい。まるまる百二十日たったら、必ず死んでしまい、治すことはできない」

三人はすぐ乗り物を呼んで、西京(せいけい)の洛陽へ向かったが、食事をするたびに、娘は必ず部屋におり、夜になると、寝台を占領した。

洛陽に到着してからそんなにしないうちに、ちょうどまる百二十日になり、三人は酒楼に集まって語り合い、心配したり恐れたりしていた。たまたま皇甫法師が驢馬(ろば)に乗って酒楼の下を通りかかったので、叩頭(こうとう)して挨拶し、祈りを捧げて悲嘆にくれた。皇甫法師は祭壇を設けて法術を施し、呉生に剣を授けて言った。

「きみは死ぬ運命だが、これから帰って、ぴったり戸を閉め、黄昏（たそがれ）ごろ、戸を叩く者があれば、誰かとたずねず、即刻、刺しなさい。幸いにして幽霊に命中すれば、生きる望みがあるが、不幸にも誤って人を殺せば、ただちに自分の命で償わねばならぬ。どちらにしても死ぬことになるが、まだ助かる道がある」

その言葉どおり、黄昏になると、果たせるかな、戸を叩く者があらわれたので、その者に剣を投げつけたところ、たちまち地面にばったり倒れた。灯りをつけさせてよく見ると、まさしくあの娘であり、たらたらと血が流れていた。

呉生は町の見回り役人に逮捕・拘留され、趙兄弟と皇甫法師もそろって投獄された。しかし、取り調べがうまくゆかないため、府役所は役人を金明池のほとりの居酒屋にやって調べさせると、両親は、娘はすでに死んだと言う。墓を開いて検証したところ、衣服はもぬけの殻、亡骸（なきがら）もなかったので、呉生らは命拾いできたのだった。この話は江続之（こうぞくし）（未詳。『夷堅志』に収められた話には、語り手の名を記したものが多いが、真偽のほどはわからない）が語ったものである。


（『夷堅志』甲志巻四〔全四巻、中華書局、一九八一年〕、および許逸民（きょいつみん）選注『夷堅志選注』〔文化芸術出版社、一九八八年〕による）

徐信の妻

「徐信妻」（洪邁著『夷堅志』補巻、第十一）

建炎三年（一一二九）、皇帝（南宋初代皇帝の高宗）が建康（江蘇省南京市）に滞在されたとき、*武官の徐信は妻とともに、夜、町へ出かけ、茶店のかたわらで一休みした。と、一人の男が徐信の妻をこっそり見て、片時も目を離さず、まるで以前、心を寄せたことのある者のようだった。徐信は怪訝に思い、そこで男をうっちゃって立ち去った。その男はぴったり後からついて来て、徐信の家の門まで来ても、恋々として立ち去るに忍びないふうだった。徐信がわけを聞くと、男は拱手（両手を胸の前で重ねて行う礼）をし、ていねいに詫びて言った。

「ほんとうのことを、あなたに申しあげようと思いますが、あなたがお腹立ちでなければ、思い切って言います。どうかちょっとこの先の街の静かな所においでください。何もかも申しあげたく存じます」

徐信は承知した。男はそこではじめて言った。

「あなたの奥さんは某州某県の某という苗字の方ではありませんか？」

徐信はびっくり仰天して言った。

「そうです」

その男は顔を覆って泣きながら言った。

「彼女は私の妻です。私は鄭州（河南省新鄭県）に住んでおり、ちょうど妻を娶って二年で、金軍の侵入に遭遇し、故郷を離れて逃げまわるうち、妻と離ればなれになってしまいました。なんと今、あなたの奥さんになっているとは、思いもよりませんでした」

徐信もまたこのために悲しみ悼みながら、言った。

「私は、陳州（河南省淮陽県）の者です。あなたと同様、戦乱に遭遇し妻を失いました。たまたま淮南（淮水以南の地）の村の宿屋で、女性に出会いました。彼女はボロボロの衣服、バサバサの髪で、地面に座り込み、『敗軍の兵にさらわれましたが、ここまで来て動けなくなりました』と言うので、私は自分の衣服を脱いで着せ、自分の食べ物を与えて、一日二日留まり、彼女と連れになりました。まったくあなたの元の奥さんだとは知りませんでした。これからどうしたらいいでしょうか？」

その男は言った。

「私は今すでに別の人を娶っており、彼女の財産を借りて暮らしていますので、なりゆきとしてもう一度、元の妻を求めるすべもありません。もし、しばしの間、顔を合わせ、辛く悲しかった話をしてから、別れたならば、死んでも怨みはありません」

徐信はもともと剛毅な義侠の人だったので、すぐさま承諾し、翌日に会うことを約束して、新しい妻といっしょに来てもらい、隣近所に疑いをもたれないよう願った。男は喜んで拝礼し帰って行った。

翌日、夫婦が徐信の家にやって来ると、徐信は出迎え、彼らの姿を見るや悲嘆にくれた。男が連れて来たのは、なんと徐信の元の妻だったのだ。四人は向かい合って嘆き悲しみ、胸をかきむしり、叫び声をあげて地団駄を踏んだ。

この日、彼らはそれぞれ元の夫婦にもどり、代々婚姻関係のある家のように行き来したという。

（洪邁著『夷堅志』補巻、第十一〔全四巻、中華書局、一九八一年〕、および許逸民（きょいつみん）選注『夷堅志選注』〔文化芸術出版社、一九八八年〕による）

＊ 靖康二年（一一二七）、北宋は女真族の金軍の猛攻を受け滅亡し、首都開封が陥落したさい、北宋第八代皇帝徽宗（一一〇〇―二五在位）および息子の欽宗（一一二五―二七在位）は捕虜となり、金の根拠地に連行された。このとき欽宗の弟の高宗だけは南へ逃げ、亡命王朝南宋を立てた。この後、高宗らは金軍の追撃をかわしながら、十一年にわたって江南各地を転々とし、紹興八年（一一三八）、ようやく首都を杭州に定め、落ち着いた。この話は、北宋滅亡のさいの混乱期から、高宗が江南各地を転々としていた時期を舞台とする。

伊陽の古瓶

「伊陽古瓶」（洪邁著『夷堅志』甲志巻十五）

　張虞卿は、文定公張斉賢（北宋の人。真宗〔九九七―一〇二二在位〕のときの重臣。文定公は諡）の子孫であり、洛陽の伊陽県（河南省轄県）の小水鎮に住んでいた。土のなかから古い瓶を手に入れたが、色は真っ黒で、とても気に入り、書斎に置いて花を活けていた。ちょうど冬のたいへん寒いとき、ある晩、水を捨てるのを忘れたので、凍って割れてしまっただろうと思った。しかし、翌日見たところ、ほかの水が入っていたものは、すべて凍っていたが、この瓶の水だけは凍っていなかった。不思議に思い、試しにお湯を入れておくと、一日じゅう冷めなかった。

　張虞卿は客といっしょに郊外に出たとき、この瓶を箱に入れ、茶葉に〔瓶のお湯を〕そそぐと、いつも沸かしたてのようであり、それではじめてその神秘的な性質がわかった。

　残念にもその後、酔っぱらった下僕がぶつかって瓶を割ってしまった。なかを見ると、ふつうの陶器と同じだったが、ただ二重になった底の厚さは二寸（約六センチ）あり、鬼が火を手に持って燃やしているさまが、たいへん精密に浮き彫りされていた。この瓶がいつの時代のものか、知る人はいなかった。

（洪邁著『夷堅志』甲志巻十五〔全四巻、中華書局、一九八一年〕、および薛洪（せっこう）ら選注『宋人伝奇選』〔湖南人民出版社、一九八五年〕による）

［解説］幅広く膨大な収集——『夷堅志』について

著者の洪邁（こうまい）（一一二三—一二〇二）は南宋の人。若いころから博学多識だったが、五十歳になるまで科挙に合格できなかった。官界に入った後も、硬骨を貫き、物議を醸すことも多かったとされる。『夷堅志』は、そんな洪邁が紹興（しょうこう）二十九年（一一五九）ごろから、嘉泰（かたい）元年（一二〇一）ごろまで、四十年余りの歳月をかけて完成・刊行した膨大な怪異譚集である。洪邁はこの書を著すにあたり、珍しい話を持ち込んで来る者があれば、階層を問わず、喜んで耳を傾け記録して、ちょっと手を加えただけで、次々に『夷堅志』に収録した。かくして、ありとあらゆる種類の怪異な話を網羅した全四百二十巻の『夷堅志』が完成した。しかし、早くから散逸（さんいつ）し、現在では、二十世紀前半に上海の商務印書館の涵芬楼（かんぷんろう）が、諸書から収集して二百六巻を収録し刊行した『新校輯補夷堅志』が基本的なテキストとなっている。本書の翻訳は主として、これをもとに、さらに二十八篇の逸文を加えた『夷堅志』（全四巻、中華書局、一九八一年）によった。

『夷堅志』に収録された怪異譚は、その後の白話（はくわ）短篇小説に大きな影響を与え、これにヒントを得て著された作品は数えきれない。本書に収めた幽霊譚「居酒屋の娘」（原題「呉小員外」）の話も、加工され、委曲を尽くした語り口によって、十七世紀初めの明末、馮夢龍が編纂した三部の白話短篇小説集「三言」の一部、『警世通言』(巻三十)に収められた、完成度の高い作品「金明池にて呉清、愛愛に逢うこと」となった。また、戦乱の渦中で離ればなれになった二組の夫婦の顚末を描く「徐信の妻」の話は、いわゆる「交互姻縁」話の典型として、やはり『警世通言』(巻十二)の「范鰍児、双鏡にて重円せしこと」の入話として用いられるに至っている。

今一つ、ここでとりあげた「伊陽の古瓶」は、「これぞまことの魔法瓶」と、ふっと笑いたくなるようなユーモラスな趣のある話であり、『夷堅志』に収められた怪異譚の幅の広さを自ずと示すものだといえよう。

付言すれば、洪邁には『夷堅志』のほかにも数多くの著作があり、なかでも筆記(記録・随筆)の『容斎随筆』は極め付きの名著である。

京娘の墓

「京娘墓」（元好問著『続夷堅志』巻一）

都転運使（各地方の収税、警察、裁判をつかさどる監督官）の王宗あざな元老の父王礎が平山県（河北省平山県東南）の県令（県長官）に任ぜられたとき、元老は二十歳で、初めて都へ科挙の最終試験を受けに行くため、県役所の裏庭で勉強していた。ある日の夕方、花や岩の間を歩いていると、一人の娘に出会い、姓名をたずねると、彼女は言った。

「私は前任の楊県令の娘です」

元老が彼女のういういしい美しさを好ましく思い、意味深長な言葉で誘いかけると、娘は腹を立てずに笑い、そこで二人は結ばれた。

その後、寒食節（冬至の後、百五日目に当たる日の前後三日間。この間、火を焚くことが禁止され、冷たい物を食べる）に、元老は友人を招き、裏庭の西隅で撃丸（飛丸ともいう。地上に置いた丸を弾弓で射るゲーム）をした。このとき、下僕のなかに京娘の墓の楊樹を指さす者がいたので、元老が京娘とは誰かとたずねると、友人は言った。

「前任の楊県令の小さな娘で、あざなを京娘という者が、十五になったばかりで亡くなり、ここに葬られたのだ」

元老は楊県令の娘だと聞き、内心はじめて彼女に疑いをもった。帰って書斎に座っていると、まもなく娘がやって来て、なまめかしく泣きじゃくりながら、前に進もうとしてはまた止まり、元老にたずねて言った。

「あなたはすでに私のことを知ってしまわれましたので、これ以上、言うことはありません。幽明境を異にしておりますので、いつまでもいることはできません。今、試験の時期が間近になりましたが、あなたはきっと合格なさるでしょう。途中でいささか困難なことがありますが、もし病気になられても、病気をおして行かれるべきです。きっとあなたと遼陽(遼寧省遼陽市)の道中でお会いするでしょう」

言いおわると、立ち去った。

元老はまもなく病気になり、両親は試験を受けに行かせたがらなかった。しかし、一か月余りでやや回復すると、元老が一心になって行きたいと頼むので、馬車に乗せて行かせた。

途中で遼河の流れが澱んでとどこおり、長雨で道がぬかるんで、馬車が動かなくなった。同行の者が馬に鞭うって道を進ませたが、馬車はただ数里行っただけで、車軸が折れてしまい、元老は思い悩み、なすすべもなかった。と、ふいに腰に斧をはさみ、車軸を背負った農夫があらわれた。そこで、たずねてみると、大工だとのこと。元老はため息をついて言った。

「この地の前後二百里には人家もないのに、ここで大工に出会うとは、神鬼の助けではなかろうか？」

車軸の修理がすみ、出発しょうとしたとき、ふいに一輛の馬車があらわれ、車中の人はこれぞまさしく京娘だった。元老は驚喜して言った。

「あなたもここに来られたのですか？」

京娘は言った。

「遼陽の道中でお会いすると言ったのを、覚えていらっしゃらないの？　あなたが難儀しておいでだと知りましたので、慰めに来たのです」

元老はたずねた。

「私のこれから先のことを、知ることができましょうか？」

京娘はただちに馬車に乗り、ただ、「尚書さま、くれぐれもお身体大切に」と言っただけだった。

元老は数日もしないうちに、首都の上京*に到着し、試験に合格した。明昌年間（金の章宗の年号。一一九〇―一一九五）、都転運使となり、皇帝（金の章宗）が太室山（嵩山。河南省）に行って祭祀を行ったとき、礼部尚書（礼儀、祭祀、官吏登用試験をつかさどる礼部の長官）の代行となったが、数日後、死去した。

（元好問著『続夷堅志』巻一〔中華書局『続夷堅志　湖海新聞夷堅続志』、一九八六年〕、

および馬蘭（ばらん）選注『古代志怪小説選』〔湖南文芸出版社、一九八九年〕による）

＊　金王朝の首都は一一一五年の建国以来、上京会寧府（じょうけいかいねいふ）〔黒龍江省ハルビン市〕だったが、一一五三年に南下し、中都大興府（ちゅうとだいこうふ）〔北京（ペキン）市西南〕に遷都した。この箇所の原文は「上京」なので、このまま読めば、主人公の王元老が二十歳で受験のために赴いたのは、首都が上京にあった一一五三年以前であり、明昌年間（一一九〇―一一九五）に礼部尚書代行となり、まもなく死去したのは、少なくともそれから約四十年後だということになる。京娘の亡霊が受験のため上京に向かう元老に、別れにさいして「尚書さま」と呼びかけたのは、彼のはるかな未来を予知した言葉だったのである。

［解説］不屈の亡国詩人――『続夷堅志』について

著者の元好問（一一九〇―一二五七）は名高い金の詩人。一二三三年、金がモンゴル軍に攻め滅ぼされた後も、亡国金の遺民として生きぬき、亡国の惨状を鮮烈に表現して、数々の傑作詩篇を著した。また、十七年をかけて金代詩人の総集『中州集』を編纂し、さらに金の歴史の執筆にあたり、『壬辰雑編』『金源君臣言行録』（未完）などを著した。これらの歴史書はすべて散逸し、現存しないが、正史『金史』に取り入れられている。

『続夷堅志』（全四巻）はそんな元好問の晩年の著述であり、タイトルは洪邁の『夷堅志』を継ぐ意図をあらわしている。『夷堅志』に比べれば、はるかにコンパクトながら、内容はきわめて多種多様であり、怪異譚のほかに、名士のエピソード、医術や薬方にまつわる話等々も収められている。

ここでとりあげた「京娘の墓」は幽霊譚ではあるものの、おどろおどろしさはまったく見られず、やさしい幽霊娘のイメージが浮き彫りにされているのが、特徴である。いかにも毅然としつつ、心やさしい不屈の亡国詩人元好問ならではの幽霊譚といえよう。

明代

牡丹灯籠

「牡丹灯記」（瞿佑著『剪灯新話』巻二）

方氏（方国珍。元末の民衆反乱の指導者の一人）が浙東に依拠していたとき、毎年、元宵節（上元節、灯節ともいう。旧暦一月十五日）のころに、明州（浙江省鄞県）では五夜にわたって提灯山を作り、町じゅうの男女がみな自由に見物した。

至正（元の年号）庚子の年（一三六〇年）、喬生という者が、鎮明嶺の麓に住んでいた。妻を亡くしたばかりで、やもめ暮らしの無聊をかこち、外出もせずに、ただ門にもたれて立ち尽くしていた。

一月十五日の夜、三更（午後十一時―午前一時）の終わり、見物客もだんだん少なくなったとき、見れば、侍女が双頭の牡丹灯（牡丹灯は、牡丹の形をしていたり、もしくは牡丹を描いたりした灯籠すなわち提灯。双頭は二つでワンセットになったものを指す）を掲げて前を行き、その後ろから美しい娘が一人ついて来た。年のころは十七、八くらい、紅いスカートに翠色の袖、みめ麗しくなよやかであり、うねうねと西の方へ向かって行った。

喬生が月明かりの下でよくよく見ると、美貌で年若く、まことに絶世の美女だったので、気持ちが動転して抑えることができず、彼女の後をつけて行き、先になったり後になったりした。数十歩行ったところで、娘はいきなりふりかえり、ちょっと笑いながら言った。

「初めから桑中でお逢いするお約束もしていないのに（『詩経』鄘風「桑中」の詩による。「桑中」は男女の逢引きをテーマとする奔放な恋歌）、月明かりの下でお会いするとは、偶然ではないようですね」

喬生は小走りして前に出ると、両手を組み合わせ会釈して言った。

「拙宅はすぐ近くですから、お嬢さまにはおもどりいただけないでしょうか？」

娘は拒むふうもなく、すぐさま侍女を呼んで言った。

「金蓮、灯籠を掲げていっしょに行きましょう」

そこで金蓮も引き返した。喬生は娘と手をつないで家に到着すると、歓楽の限りを尽くし、巫山・洛浦の出会い（巫山は楚の宋玉が著した「高唐の賦」に由来し、男女の密会を指す。洛浦は魏の曹植の「洛神の賦」に由来し、美女に遭遇することを指す）も、これには及ばないだろうと思った。

喬生が娘に姓名と住所をたずねると、娘は言った。

「姓は符、あざなは麗卿、本名は漱芳といい、故の奉化州の判官（地方長官の輔佐をする官吏）の娘です。父はすでに亡くなって、家は落ちぶれ、兄弟はなく、一族郎党も少ないため、私はひとりぼっちになり、金蓮と湖の西で仮住まいしています」

喬生は麗卿を引き留めて泊まらせたが、その立ち居振る舞いは艶やかで美しく、話しかたはしとやかであり、寝台の帳（とばり）を下ろし枕を交わして、歓びを尽くした。夜が明けると、彼女は別れの挨拶をして立ち去ったが、日暮れになると、またやって来た。

このようにして半月になろうとするころ、隣りの老人が疑いを抱き、壁に穴をあけてのぞき見したところ、化粧した髑髏（どくろ）が喬生といっしょに〔部屋の〕灯りの下で座っていたので、びっくり仰天した。翌朝、喬生を問い詰めたが、喬生はひた隠しにして話そうとしない。

隣りの老人は言った。

「ああ、あなた、大変だ！　人間はもっとも勢い盛んな純粋の陽（よう）だが、幽鬼は陰（いん）なる冥土（めいど）の邪悪で汚れたものだ。今、あなたは冥土の化物といっしょにいてもわからず、邪悪で汚れたものと同宿しても悟らず、いったん人間の精気が尽き、禍（わざわい）が迫って来たなら、残念なことに、若い身空で土の下に行くことになるだろう。なんと悲しむべきことではないか！」

喬生ははじめて驚き恐れ、事の次第をつぶさに述べた。隣りの老人は言った。

「湖の西に仮住まいしていると言ったのなら、出かけて行って、探せば、きっとわかるだろう」

喬生は教えられたように、ただちに月湖（げっこ）（浙江省鄞県の西南にある）の西へ向かい、長い堤の上や高い橋の下を行ったり来たりして、住人や通りかかった人にたずねたが、みなそんな者はいないと言った。日が暮れかかったので、湖心寺（こしんじ）に入ってしばし休息し、東の廊下をくまなくめぐってから、方向転換して西の廊下へ行くと、廊下の突き当たりに暗い部屋があった。そこに仮の柩(ひつぎ)が置かれ、柩の上の白紙に、「故奉化の符州判の女(むすめ) 麗卿の柩」と記されている。柩の前には、双頭の牡丹灯が掛けられ、その下に副葬品の絹人形の侍女が立ち、その背中に「金蓮」という二文字があった。

喬生はこれを見ると、毛髪がすべて逆立ち、身体じゅうゾッと寒気がして、走って寺を出るや、後をも見ずに帰り、その夜は隣りの老人の家に泊めてもらったが、憂いとおびえがあふれんばかりのありさまだった。隣りの老人は言った。

「玄妙観(げんみょうかん)（観は道教寺院を指す）の魏(ぎ)法師は、もともとあそこを開設された王(おう)真人のお弟子で、その魔除けのお札は当代随一だから、急いでお願いに行きなさい」

翌朝、喬生は玄妙観に行った。魏法師は彼が来るのを眺め見るや、仰天して言った。

「妖気がきわめて濃厚だ。どうしてここへ来られたのか？」

喬生が膝もとで拝礼し、つぶさにその話をすると、魏法師は朱筆で書いた二枚の護符を彼に与えて、一枚は門に置き、もう一枚は寝台に置くように命じて、二度と湖心寺に行ってはならないと戒めた。喬生は護符を受け取って帰ると、言われたとおり護符を分け置いた。これ以後、果たせるかな、亡霊は来なくなった。

一か月余り後、喬生は袞繡橋(こんしゅうきょう)へ行って友人を訪れ、長々と飲んで深酔いし、魏法師の戒めをすっかり忘れて、まっすぐ湖心寺に向かう道をたどって帰途についた。寺の門の近くまで来たとき、金蓮が出迎え、彼の前で拝礼して言った。

「お嬢さまが長らくお待ちです。どうしてずっとこんなに薄情だったのですか!」

かくて、金蓮は喬生とともに西の廊下へ入り、そのまま部屋のなかまで行くと、麗卿が以前のままの姿で座っており、喬生をなじって言った。

「私はもともとあなたと知り合いではありませんでした。たまたま〔元宵節の〕灯りの下でお会いして、あなたの思いに心を動かされ、全身全霊であなたにお仕えして、朝な夕なにうかがい、あなたに手厚くお尽くししました。どうしてあなたは妖しげな道士の言葉を信じて、急に疑いを抱かれ、永遠に別れようとなさったのですか? これほど不幸な目にあい、私は深くあなたを怨んでいます。今、幸いお会いできたのですから、もう逃しはしません」

すぐさま喬生の手を握り、柩の前までやって来ると、柩の蓋(ふた)がふいに開き、麗卿が喬生を抱きかかえていっしょに柩のなかへ入るや、たちまち閉まった。かくして喬生は柩のなかで死んでしまった。

隣りの老人は喬生が帰って来ないのを不審に思い、あちこちたずね歩いて、湖心寺の柩を置いた部屋までやって来たとき、喬生の衣服の裾がほんの少し柩の外に出ているのを見つけた。寺僧に頼んで柩を開けてもらったところ、喬生は死んでからすでに長い時間がたち、娘の屍(しかばね)といっしょに柩のなかで仰臥(ぎょうが)していたが、娘の顔はまるで生きているようだった。

寺僧はため息をついて言った。

「こちらは、奉化州の判官の符君のお嬢さんです。亡くなったとき十七歳でしたが、ここに柩を仮に置かれ、一家をあげて北へ向かわれたまま、けっきょく音信不通になり、今年で十二年になります。なんとこんなふうに祟るとは、思いもよりませんでした」

かくて、麗卿の屍の入った柩と喬生を西門の外に埋葬した。これ以後、雲の垂れ込める日中や月の出ない闇夜に、しばしば喬生が麗卿と手をつないでいっしょに行き、一人の侍女が双頭の牡丹灯を掲げて前を行くさまが、見られるようになった。これと出くわした者はたちまち重病にかかって、悪寒と発熱に交互に見舞われ、金銭を喜捨したり、酒肉をお供えしたりして、病の治癒を願えば回復するが、そうしなければ、再起不能になった。

住民は大いに恐れて、競って玄妙観に行き、魏法師にお目にかかって訴えたところ、魏法師は言った。

「私の魔除けのお札は、まだ起こっていないことを防ぐことしかできない。今すでに祟りが起こっているのだから、私には手の打ちようがない。聞くところによれば、鉄冠道人という方が四明山の頂上に住んでおられて、鬼神の罪を取り調べ、その法術は霊験あらたかだとか。おまえたちは行ってお願いしなさい」

かくて、人々は四明山に行き、藤のツルにすがって攀じ登り、谷川を乗り越え、まっすぐ絶頂まで登ると、果たせるかな、茅葺きの庵があり、道人が机にもたれて座り、童子が鶴を飼いならすのを見ているところだった。人々は庵の下で並んで拝礼し、事の次第を告げると、鉄冠道人は言った。

「私は山林の隠者で、いずれ近いうちに死ぬ身であり、すぐれた法術の持ち合わせなどない。きみたちは聞き違いをしたのだろう！」

と、鉄冠道人はきっぱり拒絶すると、人々は言った。

「私どもはもともと知りませんでしたが、このことは玄妙観の魏法師から教えていただいたのです」

鉄冠道人はようやく釈然として言った。

「私はもう六十年も山を下りていないのに、若い者（魏法師を指す）ときたら、おしゃべりで、私を引っぱり下ろそうとするのだな」

さっそく童子とともに山を下り、足取りも軽く、ただちに西門の外までやって来ると、方丈の壇を築き、膝を立てて端座し、お札を燃やした。と、ふいに符吏(ふり)（道教において、お札を奉じる役割の金の鎧(よろい)かぶとを身に着けた神将）が数人、黄色の頭巾に錦の袷(あわせ)、金の鎧に美しい彫刻をした戈(ほこ)を持ち、そろって身の丈は一丈余り、壇の下にすっくと立って、慎み深く用命を請うたが、そのようすは非常に敬虔(けいけん)で厳粛だった。鉄冠道人は言った。

「当地で邪鬼が禍を起こし、人々を驚かしているのを、おまえたちはどうして知らないのか？急いで連れて来なさい」

符吏は命令を受けて行き、時を移さず、麗卿と喬生および金蓮に枷(かせ)と鎖をつけて護送し、いっしょにやって来させたが、彼らは鞭でめった打ちにされ、血がたらたらと流れていた。鉄冠道人はしばらく厳しく叱りつけると、供述書を書かせることにし、符吏が紙と筆を喬生らにわたすと、めいめい数百言を供述した。今、その概略をここに記す。

喬生は以下のごとく供述した。

伏して思いますに、私は妻を亡くしてやもめ暮らしをしていましたが、門にもたれ一人で立っているうち、色欲の戒めを犯し、過剰な欲情に突き動かされてしまいました。孫叔敖（そんしゅくごう）が両頭の蛇を見て斬り殺したのを真似ることができず、[*1]鄭生（ていせい）が九尾の狐と出会って愛着したのと同様の事態に立ち至ってしまいました。[*2]事はすでに取りもどすことができず、悔やんでも及びません。

符麗卿は以下のごとく供述した。

伏して思いますに、私は若くしてこの世を去り、白昼でも隣人がいなくて寂しく、六魄（りくはく）（肉体をつかさどる陰気）は身を離れているものの、一霊（霊魂）はまだ滅びてはいませんでした。そんなとき、〔元宵節の〕灯りの前、月光の下で、五百年前のいとしい恋人に出会いました。世間で、大勢の人が色っぽい話本（わほん）（講釈師のテキスト、あるいはこれを真似た読み物）

で書いているとおり、恋に迷ってあの世にもどらず、この罪は逃れようもありません。

金蓮は以下のごとく供述した。

伏して思いますに、私は殺青（さっせい）（竹簡に書いたもの）を〔人形の〕骨とし、白い絹を染めて〔人形の〕型として、墓に埋められました。誰がこんな俑（よう）（死者の代わりに副葬する人形）を作って用いたのか、顔かたちは利発で、人間の姿よりちょっと小さいだけ。名前も付いていますから、魂のすぐれた働きも十分備わっています。このため、あれこれ事を運びましたが、進んで禍を起こしたことはありません。

供述を書きおえると、符吏が受け取って鉄冠道人に進呈した。道人は大きな筆で判決を記して述べた。

聞くところによれば、大禹（だいう）（伝説の時代の聖天子）は鼎（かなえ）を鋳造し、[*3]あますところなく妖怪の姿かたちを描きあらわした。また温嶠（おんきょう）は犀（さい）の角（つの）を燃やし、水府（水神の住む所）や龍宮の怪物はこぞってその姿を見せた。[*4]これぞあの世とこの世の違いであり、奇怪なものの多様さを示すものである。奇怪なものに遭遇すると、人間にとっては不利であり、ほかの物には害がある。このために、晋の景公が死去し、*5怪しげな豕が野原で鳴くと、斉の襄公が亡くなった。*6〔妖怪が〕禍を降して怪異な事件を起こし、災いを起こして災難を作りだすために、天上世界では邪を斬る官吏を置き、冥土では悪を罰する役人を並ばせて、魑魅魍魎に邪悪なことを行わせず、夜叉や羅刹に暴虐な振る舞いをさせないのである。まして、この太平の世、平穏な時代に、姿かたちを変えて草や木に依りつき、空が曇りしとしと雨の降る夜や、月が沈み参星（オリオン座）が斜めになる朝に、梁で嘯き音をたてるため、部屋をのぞいて見ても何も見えず、蠅のようにあちこち飛び回り、犬のように要領よく立ち回って、牛のように凶暴、狼のように貪婪で、そのすばやいことは飄風のごとく、その激しいことは猛火のごとし、というふうなら、なおさらだ。

　喬家の息子（喬生）は生きているときでさえ悟らなかったのだから、死んでも憐れむまでもない。符氏の娘（麗卿）は死んだ後でもなお淫を貪ったのだから、生きていれば推して知るべしである。ましてや金蓮のデタラメぶりは、かりにも副葬品であるにもかかわらず、人をたぶらかし、世を惑わし人を騙して、法令に違反した。狐は配偶者を求めつつ一匹でうろつき（『詩経』衛風「有狐」による）、淫蕩な振る舞いがあり、鶉の夫婦はイチャイチャして、ろくでもない代物である（『詩経』鄘風「鶉之奔奔」による）。このように悪に満ち満ちているからには、その罪は許しがたい。人を陥れる穴は今すぐ埋め、魂を迷わせる陣立ては今すぐ打ち破れ。双頭の灯籠（牡丹灯）を焼き払い、この三人を九幽の獄に護送せよ。

判決が下ると、責任者が命令を奉じ急いで定めのとおり執行しようとした。すると、たちまち三人が悲鳴をあげ地団駄を踏んだので、符吏に追い立て、髪をつかんで連れて行かせた。鉄冠道人は袖を払って山へ入って行った。翌日、人々がお礼に行ったところ、道人の姿は見えず、ただ茅葺きの庵があるだけだった。急いで玄妙観に魏法師を訪ねて行き、事情を確かめようとしたところ、法師は口がきけなくなる病気にかかり、しゃべることができなかった。

（瞿佑等著『剪灯新話』〔上海古籍出版社、一九八一年〕による）

＊1　戦国時代、楚の孫叔敖（そんしゅくごう）は子供のころ、道で両頭の蛇を見かけたとき、両頭の蛇を見た者はまもなく死ぬという言い伝えがあり、自分はすでに見てしまったので、死ぬであろうが、今後、他の人に累が及んではならないと、即座に斬り殺した。前漢の劉向著『新序』に見えるこの話は、陰徳の最たるものとして有名である。

＊2　本書に収めた唐代伝奇の「任氏伝」参照。

＊3　伝説の聖天子禹は、九つの州の牧（長官）から金（きん）を集め、九つの鼎を鋳造したとされる（『史記』封禅書）。

＊4　温嶠（二八八—三二九）は東晋の元勲の一人。このエピソードは『晋書』温嶠伝に見える。

＊5　『春秋左氏伝』成公十年（前五八一）の項に、晋の景公は、大厲（たいれい）（悪鬼）が門から入って来る夢をみてから、病気になったという記述がある。さらにまた、景公は病気が二人の童子になり、名医にやっつ

けられないよう、膏（心臓の下）の上、肓（横隔膜の上）の下に隠れようと話し合う夢をみ、まもなく死去したとも記されている。「病、膏肓に入る」という成句の出典となったエピソードである。

＊6 『春秋左氏伝』荘公八年（前六八六）、および『史記』斉太公世家に記述がある。無道な君主だった襄公は自分が殺した力士の変化である、この豕を射殺そうとしたが、逆に脅かされて馬車から落ち、まもなく反旗を翻した配下らに殺された。

「牡丹灯籠」について

中国の文言（書き言葉）で書かれた怪異譚の流れを見ると、あらまし二つの型に分かれる。一つは、六朝志怪の『捜神記』に始まる不思議な事実の記録としての怪異譚、今一つは、唐代伝奇に始まる虚構の物語としての怪異譚である。

この二つの流れはそれぞれ後世に受け継がれ、南宋の洪邁著『夷堅志』や金の元好問著『続夷堅志』が記録型の流れを受け継いでいるのに対し、明初の文人瞿佑（一三四一—一四二七）の手になり、ここに訳出した「牡丹灯籠」を収める怪異譚集『剪灯新話』、さらには清初の蒲松齢著『聊斎志異』は、唐代伝奇の物語型の流れを受け継いでいるといえよう。従来、『剪灯新話』が唐代伝奇から『聊斎志異』への架け橋とされるのも、いわれのないことではない。

『剪灯新話』の著者瞿佑は若いころ、元末の大文人楊維楨（一二九六—一三七〇）に詩才を高く評価されたため、いちやく詩人として名をあげ、教養も高かったが、科挙とは別のルートで辛うじて教育関係の下級役人になるなど、八十七歳で死去するまで、その生涯は不遇の連続だった。ことに七十五歳から八十五歳までの十年間、詩の表現が不穏当だとの理由で、逮捕、投獄されたあげく、流刑に処せられた事件はその最たるものである。

『剪灯新話』は、洪武十一年（一三七八）、瞿佑三十八歳のときに完成されたが、実際に刊行されたのは約二十年後であった。刊行当初は約四十巻だったが、早くから散逸し、現在残っているのはその十分の一の四巻（二十篇）のみである。さらにまた、『剪灯新話』は瞿佑の死後、デタラメな妄想をふりまく書物として、しばしば発禁・焼却に処せられたため、中国では姿を消し、江戸時代の日本へ伝わった刊本が生き残ることになった。

ちなみに、日本では『剪灯新話』、わけても「牡丹灯籠」は大いに人気を博し、巧妙にアレンジされつつ改作されつづけ、三遊亭円朝の「怪談牡丹灯籠」に至っている。

それはさておき、こうして日本で生きつづけた刊本をもとに、一九三〇年代の中国で『剪灯新話』が復刻されるに至った。一九五七年、この復刻本にもとづいて、その後あらたに中国で発見された残存本をも参照しながら、世界書局から周夷が注釈を付した『剪灯新話』が刊行された。ここで底本として用いたテキストは、この世界書局版を改訂し、一九八一年に刊行されたものである。

付言すれば、瞿佑の『剪灯新話』が最初に刊行された後、この影響を受けた李昌祺（一三七六―一四五二）がまもなく『剪灯余話』を著し、さらに十六世紀末の明末に邵景詹（生没年不詳）が『覓灯因話』を著した。上記の一九五七年版および一九八一年版のテキストは、『剪灯新話』に合わせて、この『剪灯余話』と『覓灯因話』をも収録している。

瞿佑の「牡丹灯籠」のめだった特徴は、幽霊娘と生身の男の出会いからその結末までを、いわば恐怖の美学によって描いた、完成度の高い前半の主要部分と、その後日談ともいうべき幽霊退治の顚末を描いた後半部分に、落差があることである。この後半部分はむしろ恐怖を緩和するかのように、経書や史書からの引用がふんだんに盛り込まれ、ややコミカルな要素も巧みに織り込まれており、不遇な知識人瞿佑が、ここぞとばかりに蘊蓄を傾けているさまが如実に読みとれる。円朝の手になるおどろおどろしくも凄惨な、世話物仕立ての「牡丹灯籠」と読み比べてみるのも一興であろう。

死が二人を分かつとも

「心堅金石伝」（陶輔著『花影集』）

至元年間（元の世祖フビライの年号。一二六四—九四）、松江府（現在の上海市）の庠生（府や県の学校の学生）だった、李彦直、幼いころのあざな玉郎は、二十歳で文名が高かった。学校の裏庭に高楼があり、眺望がかなりよかったため、彦直は夏の間ほぼ三か月、ここで勉強した。裏庭の外側はぐるりと妓楼にとり囲まれており、管弦の音が、毎日聞こえてきたが、彦直も聞きなれ気にとめなかった。

ある日、仲間と楼上で酒を飲んでいると、その一人がこの音色を耳にし、笑いながら言った。

「いわゆる『ただその声を聞き、その姿を見ざるなり』だね」

彦直もまた笑って言った。

「その姿を見れば、けっしてその声をほめないだろうよ」

一同はこの情景を競作しようと言いだし、彦直がまっさきに詩を作りあげた。みんなでこの詩を回覧し興じている最中、ふいに先生がおいでになったと知らせがあった。彦直は慌てて詩を取り返して懐にしまい、先生が楼上に上がって来られるのをお迎えして、いっしょに飲んだ。彦直は友人たちが口をすべらせては困ると思い、手洗いにかこつけて座を立ち、詩を書いた紙をまるめて、塀の外に投げ捨てた。

投げた紙が落ちたのは、なんと張姥姥（張ばあさん）の家だった。彼女には娘が一人だけいた。名は麗容、またの名を翠眉娘といい、その輝くような才能と容貌は、当代に及ぶものがないほど。彼女は朝な夕な小さな高楼に座っていたが、その建物は彦直のいる高楼と軒を接していた。麗容が落ちてきた紙を拾いあげ、のばして読み、彦直の筆跡だと悟ると、ひそかに彼を慕わしく思った。かくして、その詩に次韻（他人の詩に対して、同じ韻字をその順序どおりに用いて詩を作ること）し、白いあや絹のハンカチに書き記すと、後日、彦直が高楼にいるときを待って、また塀の外に投げた。

その詩を読んだ彦直は、こめた思いがあることがわかり、庭の太湖石に登って彼女のいる方を眺めやった。こうして二人は対面し、うちとけて語り合い、心を通わせた。麗容はそこで彦直にたずねた。

「どうして結婚なさらないの？」

「才能も容貌もあなたのような方を得たいと思うからです」と彦直。

麗容は、「あなたが見捨てられないなら、私はこの身を惜しみません」と言い、二人はひそかに将来を誓って別れた。

彦直は家にもどると、父母にこのことを告げたが、父は家柄が釣り合わないと言って、叱りつけた。そこでまた、親類や友人に頼んで何度も父に話してもらったけれども、けっきょく父は承知しなかった。ほぼ一年が経過したころ、彦直は急に勉強に身が入らなくなって、ほとんど肺病病みのようになり、麗容も門を閉ざして引きこもるばかりだった。そこで父はやむなく、麗容の家に仲人を差し向け、六礼（結婚の六段階の礼法。納采、問名、納吉、納徴、請期、親迎）を備えて正式に求婚した。

婚礼が間近になったころ、おりしもこの地域の長官である阿魯台が任期満了となり、都（大都）に帰還することになった。当時、伯顔が右丞相になって実権をにぎり、任期満了の官吏はみな一万以上の白金を献上しなければならなかった。さもないと、たちまち免職になったり左遷されたりしてしまうのだ。阿魯台は九年間、在任したが、銭袋に白金は半分も貯まっていなかった。属官に相談すると、属官は言った。

「右丞相に欠けているのは、財貨ではありません。各府から才色兼備の官妓を二、三人選抜し、美々しく飾りたてて献上すれば、千金も使わずに、右丞相の喜びは倍になることでしょう」

阿魯台はなるほどと思い、右丞相の命令だとのふれこみで、属官に命じ各府にたずねさせたところ、二人が候補にあがり、麗容が筆頭だった。彦直父子はあれこれ奔走し、手を尽くしたけれども、けっきょく麗容を助けだすことはできなかった。彼女は出発の日、彦直に手紙を届け、死を誓った。かくて絶食したが、母親の張姥姥が涙ながらに、「おまえが死んだら、きっと私に累がおよぶだろう」と言うので、麗容はほんの少しだけ食べるようになった。

船が出航すると、彦直は徒歩で追いかけ、その悲嘆のさまは道行く人の心を揺さぶった。船が停泊すると、一晩中、号泣しながら、岸辺で寝るのだった。こうして二か月がたち、船は臨清(りんせい)（山東省）に到着した。彦直は三千里以上も歩きとおしたので、足も皮膚も裂け、とても人の姿をなしていなかった。麗容は船板の隙間からその姿をのぞき見るや、ひどく苦しみ嘆いて気絶してしまい、張姥姥の介抱で、しばらくしてやっと蘇った。

彼女は船頭に頼みこんで、彦直に伝えさせた。

「私がすぐに死なないのは、母がまだ脱出できないでいるからです。母が立ち去れば、私はすぐ死にます。だから、あなたは家にお帰りになってください。苦労して自分を痛めつけてはなりません」

彦直はこの言葉を聞くと、天を仰いで慟哭(どうこく)し、地面に身を投げつけて、とうとう息絶えてしまった。船頭は哀れに思い、仲間とともに穴を掘り、岸辺に亡骸(なきがら)を埋めた。その夜、麗容は船中で縊死(いし)した。

阿魯台は激怒して言った。

「わしは上等の衣装やうまい食物を与え、おまえをきわめて高い地位に引っぱりあげてやったのに、あいかわらず貧乏書生に恋々(れんれん)としおって。ほんとうにゲスな女だ！」

そこで船頭に命じて亡骸を裸にして燃やさせると、亡骸は燃え尽きたものの、心臓だけは灰にならなかった。船頭がこの心臓を踏みつけると、人形(ひとがた)のような小さな物が忽然(こつぜん)とあらわれた。大きさは手の指くらいであり、水で洗いすすぐと、色は金のよう、堅さは玉(ぎょく)のようで、衣服、冠、眉、髪など、何から何まですべて備わっており、彦直にそっくりそのまま。ただ、話したり動いたりできないだけだった。

船頭が阿魯台に献上すると、阿魯台は、「不思議なことだ。真心が結晶して、ここまで至るとは！」と驚き、しきりに感嘆しながら眺め楽しんだ。配下の者たちが、彦直の亡骸はどうなのか、あわせて調べてみたいと願い出て、彦直の亡骸も掘りだして燃やしたところ、心臓のなかの小さな物は麗容の場合と同じであり、その像は張麗容だった。

阿魯台は大喜びして言った。

「わしは生きたまま麗容を連れて行くことはできなかったが、この二つの物は世にも稀(まれ)なる宝だ」

そこで、珍しい絹で包み、香木製の箱におさめて、「心堅金石の宝」と上書きした。かくして、張姥姥に手厚く金品を与え、葬儀のために帰郷することを許可した。

阿魯台は都に到着すると、右丞相にこの箱を献上し、つぶさに事の次第を報告した。右丞相は大いに喜び、開いて見たところ、前に見た物はあとかたもなく、汚い血にまみれた二つの物があるだけで、近づけないほどの臭気を発散している。激怒した右丞相は阿魯台を獄吏に引きわたし、他人の妻を奪い取った罪状で取り調べさせた。判決が確定すると、右丞相に報告して言った。

「男女の情愛において、堅い思いが確かであったにもかかわらず、ついに願いがかなわなかったために、相手への思いがいつまでも消えることなく、姿かたちに感応してこうなったのであります。同じところでいっしょになれば、思いを遂げ気も晴れて伸び伸びとし、ふたたび元の形にもどることもありうるでしょう」

右丞相の怒りはおさまらず、けっきょく阿魯台は死刑に処せられた。

（薛洪勣ら選注『明清文言小説選』〈湖南人民文学出版社、一九八一年〉、および馮夢龍選録『情史類略』〈岳麓書社、一九八四年〉による）

「死が二人を分かつとも」について

著者の陶輔は生没年不詳、詳しい伝記も不明だが、鳳陽（安徽省）の出身で、応天衛（応天府すなわち南京の軍営）の指揮官だったことがあり、退職後、八十余歳で死去するまで著述にいそしみ、その著には、文言短篇集『桑楡漫志』（一巻）、明代中期の成化・弘治年間（一四六五―一五〇五）に完成した『花影集』（四巻）などがある。「死が二人を分かつとも」（原題「心堅金石伝」）は後者の『花影集』に収められたものである。

明代には、瞿佑の『剪灯新話』を嚆矢として、数多くの文言（書き言葉）による怪異譚が作られたが、『剪灯新話』、さらにはこれにつづく『剪灯余話』『覓灯因話』のいわゆる「三話」に収められた作品に、肩を並べるものはほとんど見られない。

そうしたなかで、陶輔の「死が二人を分かつとも」はきわだった輝きを放つ作品である。恋人たちのたがいに相手を思う気持ちが凝結して、それぞれの心に金の人形を生み、その二つの人形が融解して、憎い仇に復讐を遂げるという、その物語展開はまことに奇想天外、衝撃的というほかない。この「死が二人を分かつとも」こそ、評価の高い「三話」の陰にかくれ忘れ去られた、おびただしい明代の文言による怪異譚のなかで、屈指の佳篇といえよう。

白娘子 永えに雷峰塔に鎮めらるること

（馮夢龍編著『警世通言』巻二十八）

山外青山楼外楼
西湖歌舞幾時休
暖風薫得遊人酔
直把杭州作汴州*1

山外の青山　楼外の楼
西湖の歌舞　幾時か休まん
暖風　薫り得り　遊人は酔い
直だ杭州を把て汴州と作す

山の外にまた青い山、高楼の外にまた高楼があるように、西湖の歌舞音曲は止むことがない。暖かい春風が芳しく香り、遊覧客はひたすら〔西湖のある〕杭州（南宋の首都）を汴京（北宋の首都開封）と見なすばかり。

さて、西湖の風景は、山も水も艶やかでくっきりしている。東晋の咸和年間（三二六―三三四）、山から水が大いに流れ出て、ドッと湧きかえりながら西門に流れ込んだ。と、ふいに水のなかから一頭の牛があらわれ、身体じゅう金色だった。その後、水が引くと、牛はその後について行って北山に到着し、行方がわからなくなった。この事件は、杭州の町の人々を動揺させ、みな神の化身だと思った。このため、お寺を一つ建立し、金牛寺と名づけ、西門――すなわち今の涌金門――に廟を一つ立て、金華将軍と称した。

当時、法名を渾寿羅という異国の僧侶がおり、この武林郡（杭州）に行脚し、山の景色を楽しみながら、言った。

「霊鷲山（インドの霊山）の前の小さい峰が一つ、急に見えなくなったが、なんとここに飛んで来ていたのか？」

当時の人々がみな信じなかったところ、僧侶は言った。

「わしの記憶では、霊鷲山の前の峰は、霊鷲嶺と呼ばれ、この山の洞窟に一匹の白猿がいた。見ていなさい、わしが試しに呼びだしてみよう」

果たせるかな、白猿を呼びだしたのだった。その山の前に一軒の亭があり、今は冷泉亭と呼ばれている。

また、孤山という山が、西湖のなかに生まれたが、その昔、林和靖先生（北宋初期の隠遁詩人、林逋）がこの山に隠遁されたことがある。先生は泥や石を運ばせ、一本の石畳の道路を造って、東は断橋、西は棲霞嶺につなぎ、このため、孤山路と呼ばれた。

また、唐の時代には、刺史（長官）の白楽天が一本の道路を造り、その道路は、南は翠屏山に至り、北は棲霞嶺に至っており、白公堤と呼ばれた。この白公堤は、たびたび山の水がぶつかっ

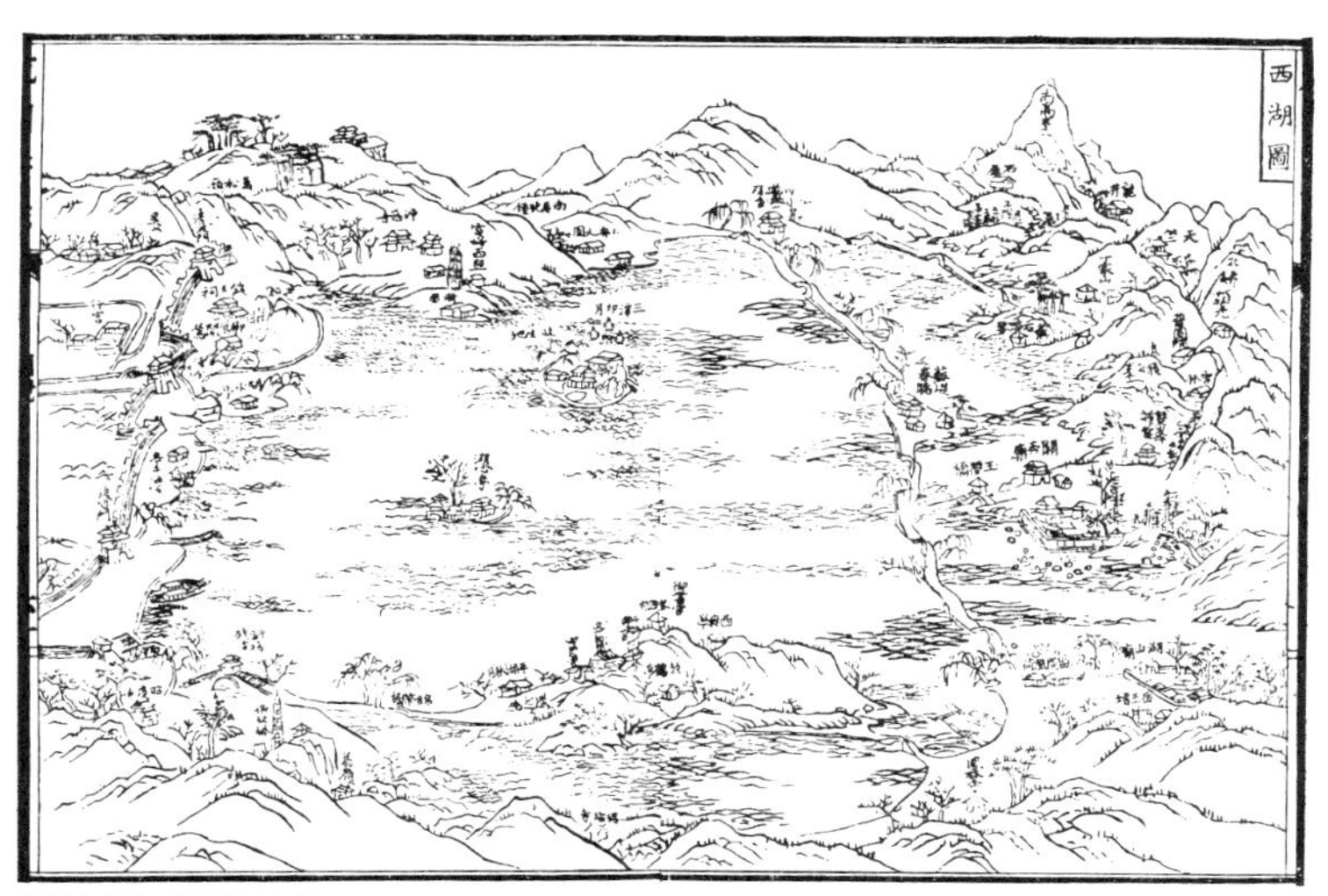

西湖の図（下部が北）

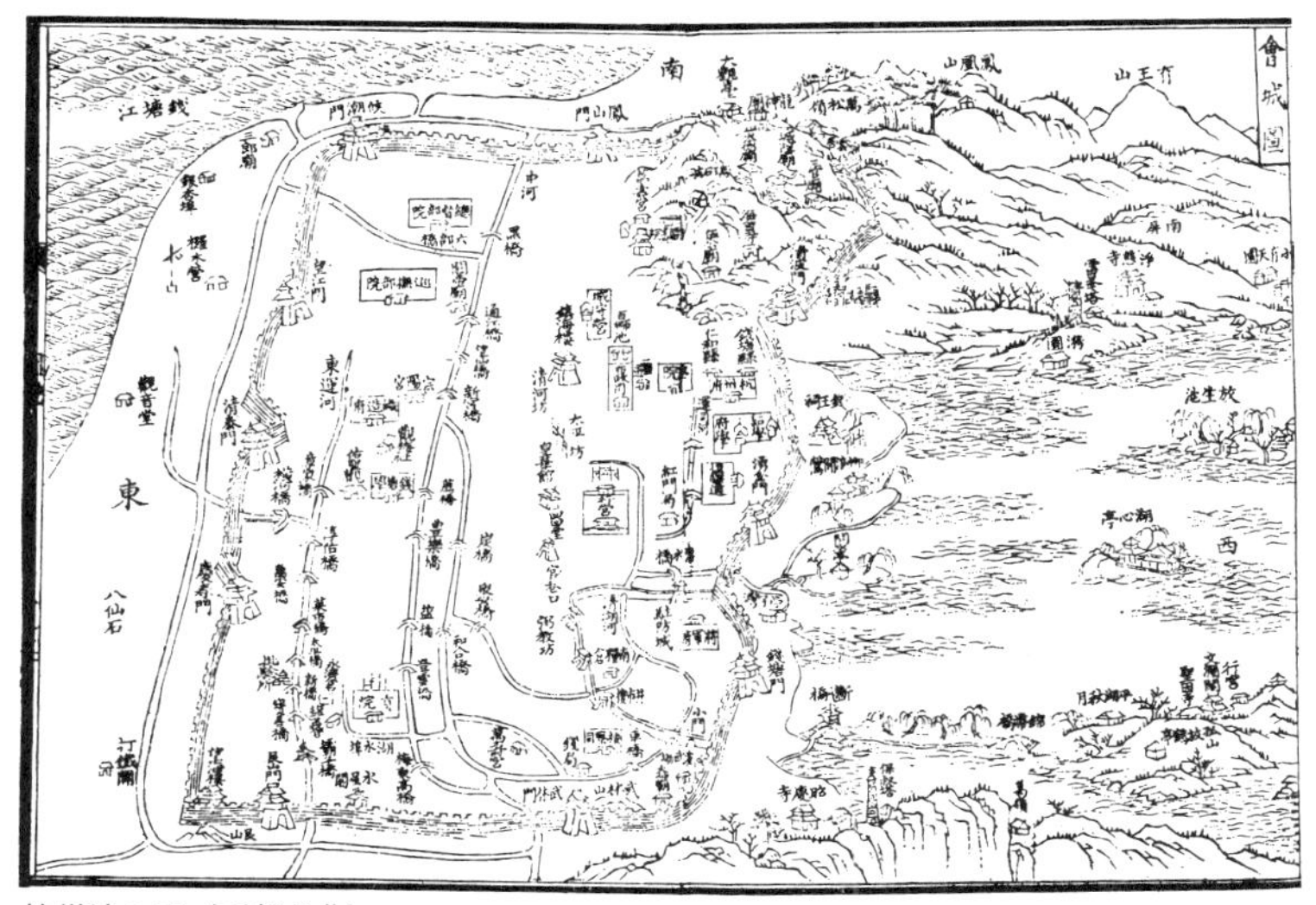

杭州城の図（下部が北）

て壊れ、それが一度や二度ではなかったので、お上の金を使って修繕された。

その後、北宋の時代に、蘇東坡が太守（郡の長官）になり、この二本の道路が水によって衝き壊されるのを見て、木や石を買い、人夫を動員して、堅固なものに造りかえた。六橋の上に朱紅色の欄干を載せ、堤の上に桃や柳を植えたので、うららかな春になると、ほんとうにたいへんいい景色になり、まことに絵になる風情だった。後世の人々は、このため蘇公堤と呼んだ。また、孤山路のほとりに、二つの石橋を造って、水の勢いを分散し、東側の橋を断橋、西側の橋を西寧橋と名づけた。

これぞまことに、

隠隠山蔵三百寺　　隠隠として山は三百寺を蔵し
依稀雲鎖二高峰　　依稀として雲は二高峰を鎖す
　おぼろにけむった山は三百の寺院を内におさめ、ぼんやりとかすんだ雲は二つの高い峰をおおう。

というところである。

講釈師はひたすら西湖の絶景と仙人の古跡を語ってまいりましたが、これからまず一人のみめ麗しい若者が、ただ西湖を見物して、二人の女と出会ったがために、いくつもの州の町で、花柳の巷を騒がせることになり、才人が筆をとって、一篇の色っぽい話本（講釈師のテキスト、あるいはこれを真似た読み物）を書きあげることにあいなった次第を、お話しいたします。

さて、その若者は、姓は何、名は何といい、どんな女に出会って、どんな事件を惹き起こしたのでしょうか？　その証拠に次のような詩[*2]があります。

清明時節雨紛紛
路上行人欲断魂
借問酒家何処有
牧童遥指杏花村

清明の時節　雨紛紛
路上の行人　魂を断たんと欲す
借問す　酒家　何処にか有る
牧童　遥かに指す　杏花村

清明節のころ、春雨が煙るようにふりしきる。道行く旅人は、胸も張り裂けんばかり。「ちょっとおたずねしますが、居酒屋はどこにありますか？」牧童ははるかに指さす、
杏の花咲く村を。

さて、南宋の高宗が南渡[*3]された後、紹興年間（一一三一―六二）に、杭州臨安府（南宋の首都）の過軍橋の黒珠巷に、姓は李、名は仁という役人がいた。南廊閣子庫（宋代において軍需品の支給をつかさどった役所）の募事官（下級官吏）であり、また、邵太尉とともに金銭や食糧の管理に

あたっていた。家には妻と、妻の弟の許宣がおり、許宣の排行（兄弟の順番）は小乙（排行が一番目の者の俗称）だった。

許宣の父は生薬屋を開いていたが、彼の幼いころに両親ともに亡くなったので、表叔（父のいとこ。いとこ叔父）の李将仕（将仕は財産家に対する敬称）の生薬屋で番頭をしており、年はちょうど二十二歳になったところだった。その生薬屋は官巷の入口にあった。

ある日、許宣が店で働いていると、一人の和尚が門口にやって来て、たずねて言った。

「貧僧（僧侶の自称）は保叔塔寺の僧侶で、先だってすでに饅頭と券子（死者を弔う経文）をお宅にお届けしましたが、清明節が近づきましたので、ご先祖さまの追善供養に、どうか小乙（許宣を指す）さまには、寺へお焼香にお出かけください。お間違いなきように」

「てまえはきっとうかがいます」と許宣。

和尚は別れの挨拶をして立ち去り、許宣は夜になると、義兄の家に帰って行った。もともと許宣には妻子がなく、姉の家に住んでいたのである。その晩、許宣は姉に言った。

「今日、保叔塔寺の和尚さんが来られ、お焼香に来るようにとおっしゃいました。明日、ご先祖さまの追善に、ひとっ走りして来ます」

翌日、早起きして、紙馬（竹と紙で馬の形に切ったもの。葬式や法事のときに燃やした）、蠟燭、のぼり、串にさした紙銭などの品をすべて買いととのえ、ご飯を食べて、新品の鞋、靴下、衣服に着替え、お供えを入れた籠と紙馬や紙銭を風呂敷に包むと、まっすぐ官巷の入口の李将仕の家にやって来た。李将仕は許宣を見ると、「どこへ行くのか」とたずねた。許宣は言った。

「私は今日、保叔塔寺へお焼香に行って、ご先祖さまの追善供養をしたいと思いますので、おじさん、どうか一日休ませてください」

李将仕は言った。

「行ってすぐ帰って来なさい」

許宣は生薬屋を離れると、寿安坊から花市街へ入り、井亭橋を渡って、清河街の裏の銭塘門へ向かい、石函橋を渡って放生碑の側を通り、まっすぐ保叔塔寺にやって来た。ついで饅頭をとどけてくれた和尚に会い、懺悔して経文を入れた長筒をわたし、お供えを入れた籠を焼くと、仏殿に上がって僧侶たちの読経を聞いた。お斎（ここでは、法事などの仏事のさい参会者に出す食事）を食べおわると、和尚と別れ、寺を離れてうねうねとのんびり歩き、西寧橋、孤山路、四聖観を経て、林和靖の墓を見、六一泉までぶらぶら歩いた。

と、思いがけず、雲が西北に湧き起こり、霧が東南に立ちこめて、しとしと小雨が降りはじめ、だんだんつよく降ってきた。おりしも清明の時節であり、天の神さまもきっと時節にふさわしく、春雨を降らせたのだろうか、そのひとしきりの雨はしとしと降りつづいて止まなかった。

許宣は足もとが濡れたので、新品の鞋と靴下をぬぎ、四聖観を出て船を捜しに行ったが、一隻も見当たらなかった。手の打ちようがなかったとき、ふと見れば、一人の老人が一隻の船を漕いでやって来た。許宣はひそかに喜び、誰かと見れば、これぞまさしく顔見知りの張じいさんだった。そこで大声で言った。

「張じいさん、私を乗せておくれ」

老人は叫び声を聞き、誰かと見れば、なんと許宣だったので、船を岸辺に漕ぎ寄せて、言った。

「小乙坊ちゃん、雨に濡れておられるが、どこで岸に上がられますか?」

「湧金門(ゆうきんもん)で岸に上がるよ」と許宣。

張じいさんは許宣を支えて船に乗せ、岸を離れて、豊楽楼(ほうらくろう)(名高い酒楼)に近づいて行ったが、水面を十数丈も漕ぎ行かないうちに、岸辺で、「おじいさん、船に乗せてくださいな」と叫んでいる者がいた。許宣が見やると、一人の女であり、頭に服喪中のたぶさ(髪を頭上でたばねたヘアスタイル)を載せ、黒髪のわきに白い釵(かんざし)と櫛を挿し、白い絹の上着を着て、下には目の細かい麻布の裙(スカート)をはいている。この女の側にいる侍女は、青い衣服を身に着け、頭には一対の総角(あげまき)(髪を頭の両側に集め、角(つの)の形に結んだ少年少女のヘアスタイル)と二本の真っ赤な髪を結ぶ紐を載せて、二つの髪飾りを挿し、手に包みを一つ捧げ持って、船に乗せてもらおうとしていた。

張じいさんは許宣に向かって言った。

「『風に因(よ)って火を吹くは、力用うること多からず(渡りに船)』だから、いっしょに乗せてやりましょう」

許宣は言った。

「あんた、すぐあの人たちを船に乗せてあげなさいよ」

じいさんはそう言われて船を岸に着けると、その奥さんと侍女は船に乗り込み、奥さんは許宣を見ると、ちょっと紅い唇を開いて、二列の玉(ぎょく)を砕いたような白い歯を見せ、前に向かって「万(ワン)福(フー)（女性がお辞儀をして唱える挨拶ことば）」と挨拶した。許宣は慌てて立ち上がって答礼した。その奥さんと侍女は船室のなかにきちんと座ると、奥さんはしきりに流し目をして許宣を見た。許宣はふだん真面目な人物だったが、こんな花のような玉のような美女と、側のこれまたみめ麗しい侍女を見ると、やはり心を動かさずにはいられなかった。

その奥さんは言った。

「官人(かんじん)（ここでは男性に対する敬称）さまにおうかがいしますが、ご苗字とお名前は何とおっしゃいますか？」

許宣は言った。

「てまえは、姓は許、名は宣といい、排行は一番目です」

「お宅はどちらですか？」

「拙宅は過軍橋の黒珠巷にありまして、生薬屋で働いております」

奥さんがしばらく質問すると、許宣は思案して、「私もちょっと聞いてみよう」と思い、立ち上がって言った。

「おうかがいしますが、奥さんのご苗字は？　お住まいはどちらですか？」

奥さんは答えて言った。

「わたしは白三班（はくさんはん）・白殿直（はくでんちょく）（三班は武官の官職、殿直はそのうち宮廷での宿直を担当する）の妹で、張さんに嫁ぎましたが、夫は不幸にしてこの世を去り、この雷嶺（らいれい）に葬られました。清明節が近づきましたので、今日、侍女を連れてお墓に行きお参りとお掃除をして、ちょうど帰るときに、思いがけず雨に遭いました。官人さまの船に乗せていただけなかったら、ほんとに困ってしまうところでした」

またしばらく雑談していると、うねうねと船が岸辺に近づいた。と、奥さんは言った。

「わたしはうかつにも慌てて、お金を持って来ませんでした。どうか船賃を拝借させていただきたく存じます。必ずお返ししますから」

許宣は言った。

「奥さん、どうかよろしいようになさってください。かまいません。わずかばかりの船賃などお気になさるまでもありません」

船賃を払いおわっても、雨はますます止まなかった。許宣が彼女を引っぱって岸に上がらせると、彼女は言った。

「わたしの家は箭橋（せんきょう）の双茶坊巷（そうさぼうこう）の入口にあります。もしお嫌でなければ、拙宅へおいでいただきお茶を召しあがってください。船賃もお返しします」

許宣は言った。

「ささいな事ですから、気になさらないでください。暮れてきましたから、後日、おうかがいします」

　許宣が言いおわると、彼女は侍女といっしょに立ち去った。許宣は湧金門を入ると、人家の簷(ひさし)の下をたどって三橋街(さんきょうがい)へやって来た。と、一軒の生薬屋が目に入り、ちょうど李将仕の弟（小将士）の店だった。許宣が店の前まで来たとき、ちょうど小将仕が門の前にいた。小将仕は言った。

「小乙兄さん、遅くなったね。どこへ行って来たのかい？」

　許宣は言った。

「保叔塔寺へお焼香に行って来たのです。雨に遭ったので、傘を一本貸してください」

　小将仕はこれを聞くと、大声で言った。

「老陳(ラオチエン)、傘を持って来て、小乙くんに貸してあげなさい」

　まもなく老陳が一本の雨傘をパンと開いて、言った。

「小乙坊ちゃん、この傘は清湖八字橋(せいこはちじきょう)の真面目な舒(じょ)の店で作ったもので、骨が八十四本、柄が紫竹の上等の傘で、未だかつてほんの少しの傷もありません。持って行って壊さないようにしてください。気をつけて！　気をつけて！」

　許宣は言った。

「言われるまでもないよ」

　傘を受け取ると、小将仕にお礼を言い、羊壩頭(ようはとう)を出て、後市街巷(こうしがいこう)の入口まで来たとき、誰かが大声で「小乙さま」と呼ぶのが聞こえた。許宣がふりかえって見ると、沈公井巷（しんこうせいこう）の入口の小さな茶店の簷の下に、一人の女が立っており、誰かと見れば、まさしく船に乗っていた白娘子（はくじょうし）（白の奥さん。以後、地の文は「白娘子」とする）だった。許宣は言った。

「奥さん、どうしてここにいらっしゃるのですか？」

白娘子は答えて言った。

「雨が止まないし、鞋もすっかり濡れてしまいましたので、青青（せいせい）を家に帰らせ、傘と足もとの物を取りに行かせました。また暮れてきましたから、どうかちょっと傘に入れてくださいな」

許宣は白娘子と相合い傘で壩頭までやって来ると、言った。

「奥さん、どちらへ行かれますか？」

「橋を渡って箭橋の方へまいります」と白娘子。

「奥さん、てまえは過軍橋へ行きますが、道のりが近いので、奥さんが傘を持って行かれたほうがよろしいでしょう。明日、てまえがいただきにまいります」

「申しわけありません、官人さまのご厚意に感謝いたします！」

許宣は人家の簷下をたどり雨風をついて帰って来た。と、義兄の当直の王安（おうあん）が鈲（びょう）を打った長靴と雨傘を持って迎えに行ったのに出会えず、ちょうどもどって来たところだった。許宣は家のなかに入ってご飯を食べ、その夜は白娘子のことを考えて、転々と寝返りを打ち、眠れなかった。夢のなかでも、昼間出会ったときと同様、たがいの思いは深く細やかだったが、思いがけず鶏の

鳴き声に目が覚めてみれば、なんとはかない夢だった。これぞまさしく、

心猿意馬馳千里
浪蝶狂蜂鬧五更

心猿意馬(しんえんいば)　千里を馳せ
浪蝶狂蜂(ろうちょうきょうほう)　五更に鬧(さわ)ぐ

心はちぢに乱れて　千里の彼方を駆けめぐり、恋に狂った若者は　朝のとっ暗がりの五更(午前三時―五時)に大騒ぎ。

というところ。

夜明けになると、起きて髪をとき洗顔をすませて、ご飯を食べ、生薬屋に到着したが、心は落ち着かず、気持ちは乱れて、ちょっと商いをしても、心ここにあらずだった。午後になると、思案して、「ウソをつかないで、どうやってあの傘を人に返すことができようか?」と考えた。そのとき、許宣は李将仕が帳場に座っているのを見ると、言った。

「義兄がてまえにちょっと早く帰り、贈り物をとどけるように申しつけましたので、半日お暇をいただかせてくださいい」

「行きなさい! 明日ちょっと早めに来なさい」と李将仕。

許宣は「ハッ」と唱えるや、ただちに箭橋双茶坊巷の入口に行って、白娘子の家はどこかと人

にたずね、しばらくたずねたけれども、一人も知っている者がなかった。ふと見ると、白娘子の家の侍女青青が、東の方からやって来た。許宣は言った。

「おねえさん、あんたはどこに住んでいるの？　傘を返してもらいに来たのだけど」

「官人さま、わたしについて来てください」

許宣が青青の後について行ったところ、そんなに行かないうちに、青青は言った。

「こちらです」

許宣が見ると、一軒の二階建ての建物が目に入った。門前に観音開きの大きな扉が二枚、中間に四枚の槅子門（かくしもん）（上が格子で下が板張りになった戸）があり、そのまんなかに目の細かい紅い簾（すだれ）が掛かり、四方に十二脚の黒い漆塗りの肘掛け椅子が置かれ、四幅の名人が描いた山水の古画が掛けられている。向かい側はこれぞ秀（しゅう）王（南宋の孝宗〔一一六二―八九在位〕の実父、秀安僖（しゅうあんき）王）のお屋敷の塀だった。

その侍女は簾のなかに入って言った。

「官人さま、どうぞなかへ入って、お座りください」

許宣が後についてなかへ入ると、青青は声をひそめて呼びかけた。

「奥さま、許小乙さまがおいでになりました」

白娘子は奥で答えて言った。

「どうぞ奥へ入ってお茶をお召しあがりください」

許宣は内心ためらったが、青青が何度も入るようにうながすので、奥へめぐり入った。見れば、四枚のほの暗い格子の窓に、青い布の幕が巻きあげられ、仕切られた客間があって、卓上に一鉢の虎ヒゲ菖蒲が置かれ、両側にも四幅の美人画が掛けられて、まんなかに一幅の神像が掛けられ、卓上には古い銅の香炉と花瓶が置かれていた。

その若い奥さんは前に向かって深々とお辞儀し「万福(ワンフー)」と唱えて、言った。

「昨日は小乙さまに行き届いたお世話をいただき、初めてお目にかかりましたのに、深く感激いたしております」

「些細なことで、とるに足りません」と許宣。

「ちょっとお座りになってお茶を召しあがってください」と白娘子。

お茶を飲みおわると、彼女はまた言った。

「しばらく粗酒を三杯お出しして、感謝の気持ちとさせていただきます」

許宣が辞退しようとしたとき、青青はすでにいろいろな料理や果物を流れる水のように並べだして来た。許宣は言った。

「奥さんのおもてなしに感謝いたします。ご親切に甘えて申しわけありません」

数杯飲んだところで、許宣は立ち上がって言った。

「今日はもう暮れかかって来ましたし、道が遠いので、てまえは失礼いたします」

「官人さまの傘は、親類の者が昨夜、借りて行きました。もう何杯かお飲みいただくうちに、人をやって取りに行かせましょう」

「日が暮れましたので、てまえは失礼いたします」

「もう一杯どうぞ」

「お酒も料理もごちそうさまでした。ありがとうございます、ありがとうございます」

白娘子は言った。

「官人さまが帰ろうとなさるのなら、あの傘はご面倒ですが、明日取りに来てください」

許宣はやむなく辞去して家に帰った。翌日になると、また生薬屋に行って働き、また口実を設けて、白娘子の家へ傘を取りに行った。白娘子は出て来て、また酒を三杯用意して、楽しもうとした。許宣は言った。

「奥さん、てまえの傘を返してください。ごちそうになるまでもありません」

「もう支度はできています。ちょっと一杯飲んでください」

許宣はしかたなく腰を下ろした。かの白娘子は、酒を一杯ついで許宣にわたし、桜桃のような口を開いて、ザクロのようなきれいな歯を見せ、なまめかしい声で、顔いっぱいに笑みをたたえながら、告げて言った。

「小官人さまに申しあげます、心を許した方の前ではウソは申しません。わたしは夫を亡くし、きっと官人さまと前世からの因縁があったのか、最初にお会いしたときから、身に余るご厚意をいただきました。まさしくあなたにはその心があり、わたしにはその気があります。お手数をおかけしますが、小乙さまには誰か仲人をさがしていただき、あなたと百年の夫婦となれば、ほんとうに似合いの夫婦であり、なんとすばらしいことではありませんか！」

許宣は白娘子の話を聞くと、自分で、「ほんとうに良縁だ。もし、こんな女房が得られたら、この世に生まれてきた甲斐があるというものだ。私自身は喜んで承知するが、ただ一つ具合のわるいことがある。思うに、私は、日中は李将仕の家で番頭をし、夜は義兄の家で寝泊まりしており、いささか品物はあるとはいえ、身に着ける衣服を調達するくらいで、どうして女房を娶る金を手に入れられようか？」と思案し、考え込んで答えなかった。

するとき、白娘子は言った。

「官人さま、どうしてお返事なさいませんの？」

許宣は言った。

「身に余るお気持ち、ありがとうございます。実はほんとうのことを申しますと、手元不如意で、お言いつけに従うことができません」

白娘子は言った。

「そんなことは簡単ですわ。私の財布のなかに余ったお金がありますから、心配なさる必要はありません」

すぐ青青を呼んで言った。

「一錠の白銀を取って来なさい」

と、青青は欄干に手をかけて、階段を上がり、包みを一つ取って来て、白娘子にわたした。白娘子は言った。

「小乙さま、これを持って行ってお使いください。足りないときはまた取りに来てください」

手ずから包みを許宣にわたした。許宣は包みを受け取り、開いて見ると、なんと五十両の雪のように真っ白の銀子（ぎんす）だった。許宣が包みを袖のなかにしまい、立ち上がって別れの挨拶をすると、青青が傘を持って来て許宣に返した。許宣は受け取って辞去し、まっすぐ家に帰り、銀子をしまった。その夜は別に話もない。

翌日、家を出て官巷の入口へ行き、傘を李将仕に返した。[*4] それから許宣は砕いた銀子（小粒の銀子）で脂ののった焼いた一羽の鵝鳥、鮮魚と精肉、やわらかい鶏と果物などを買うと、ぶら下げて家に帰った。さらにまた、酒を一樽買うと、下働きの小間使いに申しつけ、きちんと並べさせた。

その日はおりよく義兄の李募事も家におり、酒も料理もすっかり準備できたところで、酒を飲みに来てもらいたいと義兄と姉を誘った。李募事はなんと許宣が誘ったのを見て、仰天して言った。

「今日はどうして金を使ったのだろうか？　ふだんは杯の顔も見たことがないくせに、今朝は不思議なことだ！」

三人は順序どおりきちんと座って酒を飲み、酒が数杯まわったころ、李募事は言った。

「きみ、何事もないのに金を使ったりして、どうしたんだ？」

許宣は言った。

「義兄（にい）さん、ありがとうございます。笑わないでください。ささいなことでとるに足りません。義兄さんと姉さんには、長い間お世話になりました。『一客、二主人を煩わせず（二人を煩わせるまでもない）』で、てまえも今は大人になり、のちのち面倒をみてくれる者がおらず、結末がつかないのが心配です。今、縁談が一つあり、ここでお話ししますから、義兄さんと姉さんにてまえのために決めていただければ、終身の大事にケリがついて好都合です」

義兄と姉は話を聞くと、腹のなかで、「許宣はふだん一本の毛も抜かないのに、今日は金も使って、わしらにやつのために嫁を捜させようというのか」と思った。夫婦二人は顔を見合わせて、返事しなかった。酒を飲みおわると、許宣は勤めに行った。
二、三日たつと、許宣は思案し、「姉さんはどうして言いださないのだろう」と思った。ある日ふいに姉を見て言った。
「義兄さんと相談してくれましたか？」

「してないわ」

「どうして相談してくれないの？」

姉は言った。

「この話はほかの事と違って、慌ててやれないわ。それに義兄さんはこの何日か顔色がわるくてイライラしているから、面倒をかけるんじゃないかと思って、聞けなかったのよ」

許宣は言った。

「姉さん、どうしてモタモタしているの？　この話には何の難しいこともないのに、私が義兄さんにお金を出させることばかり気にしているから、知らん顔をしているんだね」

許宣は立ち上がって寝室へ行って箱を開き、白娘子がくれた銀子を取りだして来ると、姉にわたして言った。

「断る必要はありません。義兄さんが采配をふるってくれさえすれば、いいんだから」

姉は言った。

「おまえは長い間、おじさんのところで番頭をやり、少しずつこんなにへそくりを貯めていたのね。道理でお嫁さんを娶りたいはずだわ。おまえ、しばらく身体をはずしなさい。わたしがここでうまく取りはからうから」

さて、李募事が帰宅すると、姉は言った。

「あなた、弟がお嫁さんを娶りたがるのも道理、なんと自分でたっぷりへそくりを貯めて、わたしに細々した金銭に両替して使ってくれと言っていますから、わたしたちはあの子のためにこの縁談をまとめてやるしかありませんわ」

李募事はこれを聞いて言った。

「なんとそうだったのか！　あいつがそんなにへそくりを貯めていたなら、それもよかろう。持って来てわしに見せてくれ」

妻（すなわち許宣の姉）は急いで銀子を取りだして夫にわたした。李募事は手のなかに受け取り、ためつすがめつして、上に彫られた符号を見ると、ギャッと大声で叫んだ。

「大変だ！　まずいことになった！　一家皆殺しだ！」

妻はびっくり仰天してたずねた。

「どんな大変な事があるんですか？」

李募事は言った。

「数日前、邵太尉の蔵の封印も錠前も動かさず、また侵入できる穴もないのに、わけもなく五十錠の大銀が消え失せた。目下、臨安府の捕盗の役人に命じて、きびしく捜索させているが、つかまえるきっかけもなく、多くの人に累が及んでいる。立て札を出して手配し、符号と銀錠の数を書いて、『賊をとらえ銀子を得た者には、五十両の銀子を褒美に与える。知っていて告発しなかった者と賊をかくまった者は、主犯を除き、一家全員を辺境に流し兵役につかせる』と記してある。この銀子は立て札の符号と一致しており、まさしく邵太尉の蔵の銀子に相違ない。今、捕盗役人の捜索は非常にきびしく、まさに『火の手が身辺まで来れば、親類もかまっておれず、出向いて告発しなければならない』ということだ。明日、事が露見すれば、ほんとうに弁解しにくくなる。盗んだのであれ借りたのであれ、やつがひどい目に遭っても、わしらは巻き添えを食うわけにいかない。銀子を持って出頭し告発すれば、一家の災難は免れられる」

妻は言われて、開いた口が塞がらず、目を見張り口をポカンと開けていた。そのとき、李募事はその銀子を持って、ただちに臨安府に出向いて告発した。かの大尹（長官）はその話を聞くと、一晩じゅう眠れなかった。

翌日、大至急で緝捕使臣（犯罪者の捕縛に当たる役人）の何立を差し向けた。何立は同僚、および腕ききの捕り方を連れ、ただちに官巷の入口の李家の生薬店に向かい、犯人の許宣を捕縛しようとした。帳場の側まで来るや、叫び声をあげて、許宣を一本の縄で縛りあげ、ジャンと銅鑼を鳴らし、ドンと太鼓を撃って、臨安府へと護送して来た。ちょうど韓大尹が登庁したところであり、許宣を引っ立ててお白洲で跪かせ、「打て！」と怒鳴りつけた。許宣は言った。

「閣下に申しあげます。刑罰を用いられる必要はありません。てまえにどんな罪があるのでしょうか？」

大尹はイラついて言った。

「泥棒野郎め、どんなわけがあって、まだ無罪だと言うのか？　邵太尉の蔵で封印も錠前も動かさずに、ひとまとまりの大銀五十錠が消え失せ、現に李募事が告発して来たのだから、必ずその四十九錠もおまえのもとにあるに相違ない。思うに、封印も動かさず、銀子が消え失せたのだから、おまえも魔法使いだ！　打つのをやめろ[*4]……」

かくて、大声で命じた。

「汚い血を持って来い！」

許宣はやっと事情がわかり、大声で叫んだ。

「魔法使いではありません、てまえの申し開きを聞いてください！」

大尹は言った。

「ちょっと待て！　この銀子がどこから来たのか、話してみろ」

許宣は傘を貸してから、傘を取りに行ったことまで、前記のことを一つ一つ細かに一通り説明すると、大尹は言った。

「白娘子とはどのような者か？　今、どこに住んでいるのか？」

許宣は言った。

「彼女が言うのによれば、白三班・白殿直の実の妹の由、今、箭橋のほとりの双茶坊巷の入口に住んでいます。秀王さまのお屋敷の塀に向かい合った、急な坂の黒い二階建てに住んでいます」

大尹はさっそく緝捕使臣の何立に許宣を連行して、双茶坊巷の入口に向かわせ、その女をとらえて来るよう命じた。何立らは命令を受け、一手の捕り方がただちに双茶坊巷の入口の秀王の屋敷の塀に向かい合った黒い二階建ての前まで行って見ると、門の前方に四枚の格子窓、中間に二枚の観音開きの大門があり、門の外に高い石段があって、坂の前はなんとゴミ置き場になっており、一本の竹が横に挟んであった。何立らはこのようすを見て、みな呆気にとられた。

そのとき、隣人をつかまえさせたところ、上手が刺繍屋の丘大、下手が皮細工師の孫公だった。孫公はアッとびっくり仰天し疝気（下腹部や腰が引きつって痛む病気）が起こり、ばったり地面に倒れてしまった。隣り近所の者たちがみな歩み寄って来て、言った。
「ここには白娘子などという者はいたことはありません。この家はまだ五、六年にもなりませんが、毛巡検（捕盗巡検。一県一州もしくは数県数州を管轄し、盗賊の逮捕をつかさどる者）という方が住んでおり、家族全員が流行病で亡くなりました。いつも真昼間から幽霊が買い物に出て来るので、ここに住もうという人はいません。数日前、門の前に立って『ハッ』と挨拶しているフーテン野郎がいましたがね」

何立が配下一同に裏口の竹竿をはずさせると、なかはひっそりとしており、一陣の風が吹き起こって、一筋の生臭い気が巻きあがった。一同はみなびっくり仰天し、数歩引き下がった。許宣はこれを見ると、声も出せず、まったく呆けたようだった。

捕り方のなかに、有能で肝っ玉の大きい者がおり、排行は二番目で、姓は王といい、もっぱら酒を飲むことを好んだので、みな彼を飲んだくれの王二と呼んでいた。その王二が「みんなわしについて来い」と言うと、鬨の声をあげていっせいになかへ入った。見れば、板壁、仕切られた客間、卓、椅子がみなあった。階段の側まで来ると、王二を先頭に立て、一同はその後について、いっせいに階段を上がると、二階にはほこりが三寸もたまっている。一同は部屋の前までやって来て、部屋の戸を押し開けてちょっと見ると、寝台の上に一枚の帳が掛けられ、箱や籠はすべてそろっている。ふと見ると、白い衣服を着た花のように玉のように美しい奥さんが、寝台の上に座っていた。一同はこれを見ると、前に進むことができず、みなで言った。

「奥さんは神さまか、バケモノか？　わしらは臨安府の大尹の命令を奉じて、おまえを連行し許宣ともども事件について問いたださねばならない」

白娘子は端然として身動きもしなかった。飲んだくれの王二が言った。

「皆の衆、前に進むこともできず、どうするんだ。一罎の酒を持って来て、わしに飲ませてくれたら、わしが犠牲になって、あいつをつかまえ大尹さまのもとに引っ立ててやる」

一同は慌てて二、三人を下りて行かせ、一罎の酒を持って来て、王二に飲ませた。王二は罎の口を開けるや、酒を飲みほして、「わしが犠牲になる！」と言い、そのからっぽの罎を帳めがけて投げつけた。

投げつけなければ、何事も起こらなかったのに、投げつけたばっかりにドカンと音がし、なんと空中で雷鳴が鳴り響いたので、一同そろってびっくりして倒れた。起きあがって見ると、寝台の上の白娘子は消え失せて、ピカピカ光り耀く一山の銀子があった。一同は前に進み、これを見て、「よし！」と言い、勘定すると四十九錠あった。一同は言った。

「銀子を持って大尹さまに会いに行くことにしよう」

銀子を担ぐと、みんなで臨安府に立ちもどった。何立がそれまでの事を大尹に報告すると、大尹は言った。

「きっと妖怪に相違ない。まあ、よかろう。隣りの者には罪がないから、家に帰せ」

人を差し向けて五十錠の銀子を邵太尉のもとに送りとどけ、いきさつを書き記して、一つ一つ詳しく報告させた。許宣は「為すべからざるを為す（やってはならないことをやった）」という罪状によって、重罪となり、鞭打ちの刑に処せられたが、刺青は免除され、牢城営（監獄）に流刑されて労役につき、刑期満了になれば釈放されることとなった。その牢城営は蘇州府の管轄下にあった。

李募事は許宣を告発したために、内心うしろめたく、邵太尉にもらった五十両の銀子を、そっくり許宣にわたし旅費とさせた。李将仕は許宣に二通の手紙をわたしたが、一通は蘇州の押司（刑獄方面を担当する事務官）の范院長（院長は監獄を管理する役人）に宛てたものであり、もう一通は吉利橋のたもとで宿屋を営む王主人（ここでは、主人は宿屋のあるじを指す）に宛てたものだった。

許宣はひとしきり激しく声をあげて泣きながら、義兄と姉に拝礼して別れを告げると、枷をつけ、二人の護送役人に連れられて、杭州を離れ東新橋まで来ると、船に乗り、何日かして蘇州に到着した。まず、手紙を持って范院長と王主人に会いに行ったところ、王主人は許宣のために役所の上下に賄賂を使うと、二人の護送役人を蘇州府に行かせた。彼らは公文書をわたし、犯人の許宣を引き渡すと、返事の文書をもらい、帰って行った。

范院長と王主人は許宣の保証人になって監獄に入れず、王主人の宿屋の門前にある家の二階に住まわせた。許宣は内心、思い悩み、壁に一首の律詩を書きつけた。

独上高楼望故郷　独り高楼に上りて　故郷を望み
愁看斜日照紗窻　愁えて看る　斜日　紗窻を照らすを
平生自是真誠士　平生自ずと是れ　真誠の士
誰料相逢妖媚娘　誰か料らん　妖媚の娘に相い逢う
白白不知帰甚処　白白　知らず　甚処に帰るかを
青青那識在何方　青青　那んぞ識らん　何方に在るかを
抛離骨肉来蘇地　骨肉を抛離して　蘇地に来たり
思想家中寸断腸　家中を思い想えば　腸を寸断す

たった一人で高殿に上って故郷の方をながめ、愁えながら、夕陽が紗を張った窓を照らすのを見る。ふだんは真面目な男なのに、思いがけず、妖艶な白娘子に出会ってしまった。白娘子はいったいどこに帰ったのだろうか、侍女の青青はどこにいるのだろうか。身内と別れて蘇州の地にやって来て、家族を思うと、ハラワタがちぎれてしまう。

話があれば長くなり、話がなければ短くなる。いつのまにか光陰は矢のごとく、日月は梭（織機の横糸を通す道具）のごとく過ぎ去り、許宣が王主人の家に住むようになってから、半年以上たち、あっというまに九月の下旬になった。かの王主人がちょうど門先にのんびり立って、街を行き交う人を眺めていたとき、ふと見ると、遠くから一丁の轎があらわれ、側には一人の侍女がつき従っていたが、その侍女が言った。

「ちょっとおたずねしますが、こちらは王主人さまのお宅ではありませんか？」

王主人は慌ててしゃんと立って、言った。

「ここがそうです。誰かお訪ねですか？」

侍女は言った。

「わたしどもは臨安府から来られた許小乙さまを訪ねて来ました」

「ちょっとお待ちください。彼を呼んで来ます」と王主人。

その轎は門の前にとまった。王主人はすぐなかに入って行くと、大声で言った。

「小乙くん、きみを訪ねて来た方がおいでだよ」

許宣はこれを聞くと、急いで出て来て、主人といっしょに門前まで来て見たところ、まさしく、青青がつき従い、轎のなかに白娘子が座っているではないか。許宣はこれを見ると、たてつづけに大声で言った。

「にっくき仇（かたき）め！　おまえがお上の蔵の銀子を盗んだために、巻き添えをくって私はひどい目に遭い、濡れ衣を着せられて晴らすことができず、今、こんな身になってしまったのに、また追いかけて来て、どうしようというのか！　恥知らずの亡者め！」

白娘子は言った。

「小乙さま、わたしを責めないでください。今度、特にまいりましたのは、あなたにこのことについて釈明するためです。まずはご主人さまのお宅のなかで、あなたにお話ししましょう」

白娘子が青青に包みを持たせて轎から下りると、許宣は、「おまえはバケモノだ、入るな」と言い、立ちはだかって門をふさぎ、彼女を入れなかった。白娘子は王主人に深々とお辞儀をし、「万福（ワンフー）！」と唱えて、言った。

「わたしはウソ偽りなく、ご主人さまに申しあげます。わたしがどうしてバケモノなのでしょうか？　衣装には縫い目がありますし、お日さまに向かうと影もあります。不幸にして先夫が他界したため、わたしはこうして人にバカにされるのです。やった事は、先夫が以前した事で、わたしに関わりはありません。今、この方が怨んでおられるだろうと思い、特に釈明しにまいりました。わかっていただければ、わたしは帰っても、心が落ち着きます」

王主人は言った。

「ともあれ奥さんに入ってもらい、座って話しなさい」

白娘子は言った。

「わたしはあなたといっしょになかへ入り、ご主人の奥さまにお話しします」

門前で見ていた人々は、みな退散した。許宣はなかへ入り、王主人とその妻に言った。

「私は彼女のためにお上の銀子を盗んだかどで、これこれしかじかになり、このために処罰される羽目になりました。今また、ここまで追いかけて来て、何の釈明があるというのでしょうか？」

白娘子は言った。

「先夫が銀子を遺し、わたしは厚意であなたにわたしたのであり、わたしにも、銀子がどうして来たのか、〔その経緯は〕わかりません」

許宣は言った。

「どうして捕り方がおまえをつかまえに来たとき、門前はゴミだらけで、帳のなかで、ドカンと音がすると、おまえの姿が消え失せたのか？」

白娘子は言った。

「わたしは、あなたがあの銀子のためにつかまったと、みんなが言うのを聞いて、あなたがわたしのことを口に出し、わたしをお上につかまえさせると、恥をさらして人に顔向けできなくなり、みっともないと思ったのです。それでどうしようもなくて華厳寺(けごんじ)の前のおばの家に身を隠し、人を使ってゴミを担いで門前に積みあげさせ、銀子を寝台の上に置かせて、隣りの人にわたしのためにウソをついてもらったのです」

許宣は言った。

「おまえは逃げて行き、私に処罰を受けさせたじゃないか！」

白娘子は言った。

「わたしが銀子を寝台に置いたのは、ただよかれと願っただけのこと、どうしていろいろなことが起こるとわかったでしょう？　わたしは、あなたがここに流されたと知ったので、いささか路銀を持って、船に乗りここまであなたを訪ねて来ましたが、今、釈明して、すっかりわかってもらえたなら、わたしは帰ります。きっとわたしとあなたは、前世から夫婦になるめぐり合わせはなかったのでしょう」

王主人は言った。

「奥さんは長い旅をしてここまで来られたのに、まさかすぐ帰られることはありますまい？　まずはここで何日か泊まられてから、話をつけられたほうがいいでしょう」

青青は言った。

「ご主人が何度も勧めてくださっているのですから、奥さま、とにかく二、三日お泊まりになったほうがいいですわ。最初、小乙さまと結婚の約束もしていらっしゃったのですから」

白娘子は思いつくままますぐに言った。

「なんて恥ずかしいことを！　まさかわたしにはもらってくれる人もいないと、言うんじゃないでしょうね？　わたしはただ是非をはっきりさせるために、来ただけなんだから」

王主人は言った。

「最初、小乙くんと結婚の約束をしておられたのに、お帰りになるとは。とにかく奥さん、ここにお泊まりください」

かくて轎を帰したことは、さておく。

数日たつと、白娘子がまず王主人の妻に取り入ったので、妻は王主人に二人の間を取り持つよう勧め、十一月十一日を選んで結婚させ、ともに白髪となるまで長く添い遂げさせることにした。

あっというまに時間がたち、早くも吉日良時、結婚式の当日になった。白娘子は銀子を取りだして、王主人に祝賀の宴の準備をしてもらいたいと頼み、二人（白娘子と許宣）は拝堂（天地、祖廟を拝する婚礼の儀式）して結婚した。

酒席がお開きになると、二人して寝台の帳のなかへ入った。白娘子は人を迷わせる声や身ぶりをふりまきながら、絡みついて戯れ、艶めかしいこと限りなく、許宣は仙女に遭遇したように喜び、ひたすら出会うのが遅かったことを怨むばかりだった。ちょうど歓楽にふけっていたとき、いつのまにか鶏が三回鳴き、東方がだんだん明るくなって来た。これぞまさしく、

歓娯嫌夜短　　歓娯（かんご）は夜の短きを嫌い
寂寞恨更長　　寂寞は更に長きを恨む
　歓楽するときは夜が短いのを嫌い、寂しいときは夜がいっそう長いのを恨めしく思う。

というところ。

この日を始まりに、許宣と白娘子の夫婦二人は、魚と水のように仲睦まじく、一日じゅう王主人の家で快楽にふけってボーッとし、ぴったりくっついて離れなかった。どんどん月日がたち、また早くも半年ほど（実際には三か月）経過した。季節はうららかな春になり、錦のように花が

開くころ、車馬が行き来し、町が賑やかになった。許宣は王主人にたずねて言った。

「今日はどうして人々が外出してぶらつき、こんなに騒がしいのですか？」

王主人は言った。

「今日は二月半ばなので、男も女もこぞって臥仏（がぶつ）の見物に行くんだよ。きみも一度、承天寺（しょうてんじ）へぶらつきに行くといい」

許宣はこれを聞いて、言った。

「女房に声をかけてから、私もちょっと見に行って来ます」

許宣は二階へ上がり、白娘子に言った。

「今日は二月半ばなので、男も女もこぞって臥仏の見物に行くそうだから、私もちょっと見に行って来るよ。話をしにたずねて来る者があったら、私はいないと返事しておくれ。出て来てよその者と顔を合わせちゃダメだよ」

白娘子は言った。

「どんな見て面白いものがあるの？　家のなかにいるだけじゃダメなの？　そんなものを見て、どうするの？」

「一度、ぶらぶら見てまわってすぐ帰って来るから、大丈夫だよ」

許宣が宿屋を出ると、何人か知り合いがいたので、いっしょに寺へ臥仏を見物に行った。廊下をめぐっていろいろな仏殿を一回りし、ちょうど寺から出て来たところで、一人の道士に出会った。その道士は道袍（道士の上衣）を身に着け、頭に逍遥巾（隠者のかぶる頭巾）を載せ、腰に黄色い紐を結び、足に馴れた麻の草鞋を履き、寺の前に座って膏薬を売り、符水（護符すなわちお守り札を入れた水）を施していた。許宣が立ちどまって見ると、その道士は言った。

「貧道（道士の自称）は終南山の道士ですが、各地を行脚して符水をあちこちに施し、人を病気や災難からお助けしています。ご用のお方は前に出て来てください」

　その道士は人ごみのなかで、許宣の頭の上に一筋の黒気が上っているのを見ると、きっと妖怪が彼に取り憑いているのだと思い、大声で言った。

「近ごろ、あなたに取り憑いている妖怪がおり、その害は小さくありません！　私はあなたに二枚のお札を差しあげ、あなたの命を救ってあげましょう。一枚のお札は三更（午後十一時―午前一時）に焼き、もう一枚はご自分の髪の毛のなかに置いてください」

　許宣はお札を受け取ると、頭を下げて拝礼し、腹のなかで思った。

「私も八、九分がたあの女が妖怪ではないかと疑っていたが、ほんとうにそうだったのだな」

　道士にお礼を言うと、ただちに宿屋に帰った。夜になると、白娘子と許宣はいっしょに眠りについたが、許宣は起きあがって、「もう三更だな！」と思い、一枚のお札を髪の毛のなかに置き、ちょうどもう一枚のお札を焼こうとしたとき、見れば、白娘子がフーッとため息をついて言った。

「小乙さまと私は夫婦になって長いのに、まだ私を親身に思わず、別の者の言うことを信じて、夜中の三更にお札を焼き、わたしを抑えつけて邪気を払おうとするのね！　とにかくお札を焼いてみなさいよ」

白娘子はすぐさまお札を奪い取り、あっというまに焼いてしまったが、まったく変化はなかった。白娘子は言った。

「どうですか？　これでもわたしが妖怪だと言うの？」

許宣は言った。

「私には関係ないけれど、臥仏寺（承天寺）の前にいた一人の行脚の道士には、あなたが妖怪だとわかったのだ」

白娘子は言った。

「明日、あなたといっしょにその道士がどんなようすか、ちょっと見に行きましょう」

翌日、白娘子は早朝に起きて、身づくろいをすませ、釵やアクセサリーをつけると、真っ白な衣服を身に着け、青青に二階の番をしているよう申しつけて、夫婦二人で臥仏寺の前までやって来た。ふと見ると、人の群れがかの道士をぐるりと取り囲み、道士がそこで符水を人々に施していた。と、白娘子は妖艶な眼を見張って、道士の目の前に行くと、怒鳴りつけた。

「なんと無礼な！　出家した者がむざむざわたしの夫の前で、わたしが妖怪だと言い、お札を書いてわたしをつかまえさせようとするなんて！」

道士は言った。

「私が施したのは五雷天心正法（ごらいてんしんせいほう）だ。ありとあらゆる妖怪が、私のお札にあえば、たちまち本性をあらわすのだ」

白娘子は言った。

「みなさんがここにおられるのだから、まずはお札をわたしに見せてごらん！」

道士はお札を一枚書いて、白娘子にわたした。白娘子はお札を受け取るや、すぐさま呑み下した。人々はみな見ていたが、ほんの少しの変化もなかった。人々は言った。

「こんな女性をどうして妖怪だと言うのか？」

人々は口をそろえて道士を罵り（ののし）、道士は罵られてポカンと口を開けたまま、しばらく何も言えず、恐れおののくばかりだった。白娘子は言った。

「みなさんがここにいらっしゃるので、こいつはわたしをつかまえられません。わたしは子供のときから手品を学んでいますから、まずはこの道士に試し、みなさんにご覧いただきましょう」

白娘子は口のなかでブツブツと唱えたが、何と唱えたのか、わからなかった。と、その道士はなんと誰かにとらえられたように、縮こまって一塊（ひとかたまり）になり、空中からぶらさがって、上へ吊り上げられて行った。人々はこれを見ると、こぞってびっくり仰天し、許宣は呆気にとられるばかり。白娘子は言った。

「みなさんの顔を立てるのでなければ、この道士を一年の間、吊るしておくのだけど」

白娘子がプッと息を吹きかけると、その道士はもとどおり地面に下ろされたが、両親が二つの翼を付けてくれなかったのがひたすら怨めしいとばかりに、飛ぶように逃げて行った。人々は散り散りになり、許宣と白娘子夫婦はもとどおり帰って行ったことは、さておく。

その後も日々の生活費は、すべて白娘子が持ちだして来て用立てた。これぞまさしく、「夫唱婦随、朝に歓び暮れに楽しむ（夫婦仲睦まじく、朝な夕な歓楽にふける）」というところである。

光陰は矢のごとく、いつのまにかまた四月八日、お釈迦さまの誕生日になった。ふと見ると、町で人々が柏の台を担いでお釈迦さまに甘茶をかけていた。許宣は王主人に言った。

「こちらは杭州と同じですね」

すると、隣りの鉄頭（てっとう）という少年が言った。

「小乙さん、今日は承天寺で仏会（ぶつえ）があるから、ちょっと見物に行こうよ」

許宣は回れ右してなかへ入り、白娘子に言うと、彼女は言った。

「何が面白いの、やめなさいよ」

「ちょっと出かけて、気晴らしするだけさ」と許宣。

白娘子は言った。

「行きたいなら、着ている衣服が古びていて、みっともないわ。わたしが身ごしらえしてあげましょう」

青青に新品の流行の衣服を持って来させた。許宣が身に着けると、長からず短からず、まるで身体に合わせて裁断したようだった。真っ黒で後ろに一対の白玉の環（わ）がついた頭巾をかぶり、青い薄絹の道袍（どうほう）をはおって、足には黒い長靴を履き、手には精巧に細かく折りたたんで蒔絵（まきえ）の美人が描かれ、珊瑚の下げ飾りのついた春用の薄絹の扇子を持ち、上から下まできちんと身ごしらえした。白娘子は一言、ウグイスが巧みに囀るように、申しつけた。

「あなた、早く帰って来てね。くれぐれもわたしに心配させないでね」

許宣は鉄頭を呼び連れだって、ただちに承天寺へ仏会を見物に行ったところ、人々は「いい男だ!」と喝采した。と、ある人の話が耳に入った。

「昨夜、周将仕の質蔵から、四、五千貫の金・真珠・貴重品が消え失せた。今、なくなった品目を記してお上に告発し、かたっぱしから捜査しているが、犯人逮捕の手がかりはないそうだ」

許宣は聞いても、意味がわからず、鉄頭といっしょに寺にいた。その日、寺は焼香に来た老若男女が行ったり来たりし、たいへん賑やかだった。許宣は、「女房に早く帰って来るよう言われているから、帰ろう」と思い、雑踏のなかで身体の向きを変えたところ、鉄頭がいなくなったので、一人で寺の門から出て来た。

ふと見ると、五、六人の捕縛担当の役人のような格好の者がおり、腰に通行証を提げている。そのうちの一人が許宣を見ると、一同に言った。

「こいつの身に着けているものや手に持っているものは、あの件のものとそっくりだ!」

彼らのうちの一人が許宣を知っており、言った。

「小乙さん、ちょっと扇子を私に貸して見せてください」

許宣はそれが計略だと気づかず、扇子を捕縛役人にわたすと、その役人は言った。

「みなの衆、この扇子の下げ飾りを見てくれ、品目に載っているのと同じだ！」

役人たちは怒鳴り声をあげて、「つかまえろ！」と言うと、許宣を一本の縄で縛りあげた。

そのさまは、まるで、

数隻皂鵰追紫燕　　数隻の皂鵰(くろわし)　紫燕を追い
一群餓虎啖羊羔　　一群の餓虎(がこ)　羊羔(ようこう)を啖(くら)う
　数羽の黒いワシが紫のツバメを追いかけ、一群の飢えた虎が子羊を食う。

ようだった。


許宣は言った。

「みなさん、間違えないでください。私は無実です」

捕縛役人たちは言った。

「そうであるかないか、とにかく役所の前の周将仕の家へ行って説明せよ！　彼の店から、五千貫の金・真珠・貴重品、ヒモのついた白玉の環、精巧な折りの扇子、珊瑚の下げ飾りがなくなっているのに、おまえはまだ無罪だと言うのか！　紛れもなく盗品があり真犯人のくせに、何の弁解があるのか！　わしら捕縛役人をないがしろにするとは、ほんとうに太い野郎だ。今、頭、身体、足を見ると、何もかもあの家のものなのに、大っぴらに外出し、まったく憚りもせんのだから」

許宣はようやく呆然として、しばらく黙り込み、言った。

「なんとそういうことでしたか。かまいません、かまいません。盗んだ者は自ずと決まっています」

捕縛役人たちは言った。

「おまえはみずから蘇州府のお白洲に行って弁明せよ」

翌日、大尹が登庁すると、許宣を引っ立ててお目どおりさせた。大尹は尋問した。

「周将仕の蔵から金・真珠・宝物を盗んでどこへやったか？　真実を自供すれば、刑罰の拷問は免除してやろう」

許宣は言った。

「閣下に申しあげます。てまえの着ている衣服などは、すべて妻の白娘子のもので、どこから持って来たか、知りません。どうか閣下にはご明察くださいますように」

大尹は怒鳴りつけた。

「おまえの女房は今、どこにいるのか？」

「現在、吉利橋のたもとの王主人の家の二階におります」と許宣。

大尹はただちに緝捕使臣の袁子明を差し向けて許宣を護送させ、大至急、白娘子をつかまえさせようとした。袁子明が王主人の宿屋へやって来ると、王主人はびっくり仰天し、慌ててたずねた。

「どうしたのですか？」

許宣は言った。

「白娘子は二階にいますか？」

王主人は言った。

「きみが鉄頭といっしょに朝、承天寺へ行ってから、しばらくすると、白娘子が私に、『主人がお寺に遊びに行き、わたしと青青に二階の留守番をさせたのですが、今になっても帰って来ないので、わたしは青青といっしょにお寺の前へ捜しに行って来ます。どうかご主人さまにはわたしの代わりに留守番をお願いします』と言い、出て行ったまま、夜になっても帰って来なかった。わしはきみといっしょに親戚に会いに行ったとばかり思っていたが、今日になっても帰って来ないのだ」

捕縛役人たちは、王主人に白娘子を捜すよう命じ、後になったり先になったりして、あまねく捜したが、その姿は見えなかった。袁子明は王主人をつかまえると、大尹にお目どおりしてその旨、報告した。大尹は言った。

「白娘子はどこにいるのか？」

王主人はつぶさに報告して、言った。

「白娘子は妖怪です」

大尹は一つ一つ尋問すると、言った。

「とにかく許宣を投獄せよ」

王主人はいくらか銭を使い、許宣の保証人になって出獄させ、一件落着となる機会をうかがった。

一方、周将仕はちょうど向かいの茶店でのんびり座っていたところ、家の者が知らせに来て言った。

「金・真珠らの品がすべてもどって来て、蔵の小部屋の空き箱のなかにあります」

周将仕はこれを聞き、慌てて家に帰って見ると、果たせるかな、全部もどっており、ただ頭巾のヒモのついた白玉の環と扇子の下げ飾りだけがなくなっている。周将仕は、「明らかに許宣は冤罪だ。むざむざ一人の人間をひどい目に遭わせてはいけない」と言い、こっそり担当の役人に話をつけて、許宣をちょっとした罪に問うだけとした。

さて、邵太尉が李募事を蘇州へ仕事で出張させたので、李募事は王主人の宿屋に泊まりに行った。王主人は許宣がここに来て、また裁判沙汰に遭ったことを、一つ一つ最初から一通り説明した。李募事は思案して、「道義上、どうして身内の者に対し見て見ぬふりができようか」と思い、しかたなく許宣のために縁故を求めて、上下に賄賂を使った。

ある日、大尹は許宣が一つ一つ供述していることを聞いて了解し、すべて白娘子がやったことだとして、ただ、「ふとどきにも妖怪を告発しなかった等」の罪で、鞭打ち百回に処し、三百六十里彼方に流刑にして、鎮江府の牢城営に護送し労役に従事させることとした。李募事は言った。

「鎮江に行くのはかまわない。あそこにはわしが契りを結んだ義理のおじがいる。姓は李、名は克用といい、針子橋のたもとで生薬屋を開いている。一通手紙を書くから、行って身を寄せなさい」

許宣はやむなく義兄から旅費を少々借り、王主人と義兄に拝礼して感謝すると、酒と飯を買って二人の護送役人にふるまい、荷物をかたづけて出発した。王主人と義兄は宿場一つの道のりを見送り帰って行った。

さて、許宣は道中、飢えれば食らい喉が渇けば飲み、夜は泊まり朝になると出発し、何日かたって、鎮江に到着した。まず、李克用の家を訪ねて、針子橋の生薬屋にやって来ると、ちょうど番頭が門前で生薬を売っているところだった。主人の李克用がなかから出て来ると、二人の護送役人が、許宣とともに「ハッ」と声をあげて挨拶し、許宣は言った。

「てまえは杭州の李募事の家の者です。ここに手紙があります」

李克用は開いて読むと言った。

「きみが許宣くんですか？」

「てまえがそうです」と許宣。

李克用は三人にご飯を食べさせると、使用人に申しつけて、いっしょに鎮江府に行かせた。護送役人が公文書をわたすと、金を使い、許宣の保証人になって家に帰った。二人の護送役人は返事の文書をもらうと、蘇州へ帰って行った。

許宣は使用人といっしょに李克用の家に帰り、李克用に拝礼してお礼を言うと、李克用の奥さんにお目見えした。李克用は李募事の手紙に、「許宣はもともと生薬屋の番頭でした」とあったのを見て、このため彼を店に置いて働かせ、夜は五条巷（ごじょうこう）の豆腐売りの王公（おうこう）の家の二階で寝泊まりさせることにした。

李克用は許宣が生薬屋でたいへん細心周到なのを見て、内心、大喜びした。もともと生薬屋には二人の番頭がおり、一人は張（ちょう）番頭、もう一人は趙（ちょう）番頭といった。趙番頭は生まれつき誠実で本分を守る人物だったが、張番頭は生まれつき強欲で腹黒く、自分が年をとっているのを笠に着て、若い者をバカにしていた。また許宣が加わったのを見ると、内心、不愉快になり、自分がやめさせられるのを恐れて、逆に悪だくみをし、いつも嫉妬していた。

ある日、李克用が店に来てのんびり見ながら、たずねた。

「新しく来たやつの商売のやり方はどうかね？」

張番頭はこれを聞くと、内心「計略が図に当たったぞ」と思い、答えて言った。

「いいことはいいのですが、ただ一つ……」

李克用が言った。

「どんなことがあるのかな？」

張番頭は言った。

「大きな商いは進んでやりますが、小商い（こあきない）はいいかげんにあしらうので、お客さんは、彼はよくないと言います。私は何度も注意したのですが、耳を貸そうとしません」

李克用は言った。

「それは簡単なことだ。わしが自分で彼に申しつければ、それでいい。言うことを聞かないことはあるまい」

趙番頭は側でこの話を聞き、ひそかに張番頭に言った。

「私どもはみんな仲良くしたいものです。許宣くんは来たばかりだから、私とあなたで面倒をみてやらねばなりません。よくない点があれば、面と向かって言うべきなのに、どうして陰で言いつけたりするのですか？　彼が知ったら、われわれが嫉妬していると思うだけですよ」

張番頭は言った。

「おまえら若造に、何がわかるか！」

すでに日が暮れてきたので、それぞれ住まいに帰った。趙番頭が許宣の住まいにやって来て言った。

「張番頭が旦那さんの前できみに嫉妬して告げ口をしていたよ。これからいっそう用心して、大商いも小商いも同じようにやったほうがいいよ」

許宣は言った。

「ご忠告、感謝します。二人で一杯飲みに行きましょう」

二人はいっしょに酒楼に行き、左右に分かれて座った。給仕がご飯や果物の皿を並べると、二人は数杯飲んだ。趙番頭は言った。

「旦那さんはとりわけまっすぐな性格で、曲がったことはがまんできない人だ。きみはあの方の気性に逆らわずに、がまんして商売しなさい」

許宣は言った。

「兄さんのご厚情に感謝します。どれだけ感謝しても感謝し尽くせません」

また、二、三杯飲むと、暮れて来た。趙番頭は言った。

「遅くなると、道も暗くなって歩きにくくなるから、後日、また会おう」

許宣が酒代を払い、それぞれ別れた。許宣は酒の酔いが深まるのを自覚し、人にぶつかるのを恐れて、家の簷の下をたどりつつ帰って行った。ちょうど歩いている最中、ふと見ると、一軒の二階の窓が推し開けられ、火熨斗(ひのし)の灰が降って来て、すっかり許宣の頭に降りかかった。許宣は足を止めて、罵って言った。

「どこのゲス野郎か、眼玉もついてないのか、なんと訳のわからんやつだ!」

と、一人の女が慌てて下りて来て言った。

「官人さま、罵らないでください。わたしがわるいのです。ちょっとうっかりして失敗しました! お怒りにならないでください!」

許宣は半ば酔っぱらっており、頭をあげて、両眼で見やると、これぞまさしく白娘子だった。許宣は怒りが心の底から起こり、憎しみが臍のあたりで生じて、無明の火焔が高さ三千丈まで盛んに立ちのぼり、抑えることができず、罵って言った。

「クソ下賤な妖怪め、私は巻き添えになってひどい目に遭い、二度も裁判沙汰に巻き込まれたんだぞ！」

「恨みが少ないのは君子ではなく、毒がないのは丈夫（りっぱな男）ではない」というが、これぞまさしく、

踏破鉄鞋無覓処　鉄の鞋を踏み破るも　覓むる処無きに
得来全不費工夫　得来たれば全く工夫を費さず
　鉄の鞋を歩いて踏み破っても、捜す相手の居所がわからないのに、会えるときはまったく手間いらず。

というところである。

許宣は言った。

「おまえは今またここまで来たくせに、なんと妖怪ではないと言うのか？」

追いかけて入って行くと、白娘子をギュッとつかまえて言った。

「役所で始末をつけるか、話し合いで始末をつけるか！」

白娘子は愛想笑いをして言った。

「あなた、『一夜の夫妻、百夜の恩（一夜の夫婦でもその情愛は忘れられない）』と言います。あなたに話せば長い事になりますが、わたしの言うことを聞いてください。最初、あの衣服はすべて亡夫が遺していったものでした。わたしとあなたは深い愛で結ばれているので、あなたにお着せしたのに、恩を仇（あだ）で返すことになり、あべこべに仇敵（きゅうてき）の間柄になってしまいました」

許宣は言った。

「あの日、私が帰って来ておまえを捜したのに、どうしていなくなったのか！　王主人は、おまえが青青といっしょに寺の前へ私を捜しに行ったと言われたが、どうしてまたここにいるのか？」

白娘子は言った。

「わたしがお寺の前に行ったとき、あなたがつかまったと聞きましたので、青青に事情をたずねさせましたがわからず、あなたが逃げられたのだと思いました。それで、わたしをつかまえに来るのが怖くて、青青に急いで一隻の船を捜させ、建康（けんこう）府の母方のおじさんの家に行って、昨日やっとここに来たのです。わたしもあなたを二度も裁判沙汰に巻き込んだことを思うと、あなたに合わせる顔がありません！　でも、あなたがわたしを責められてもどうにもなりませんわ。気持ちが通じ合って、夫婦になったのに、今、何事もなかったように、まさかわたしを避けられることはないでしょうね！　わたしとあなたの情愛は泰山のように高く、恩愛は東海のように深く、生死をともにすると誓った仲なのですから、日ごろの夫婦の間柄に免じて、わたしをあなたのお住まいに連れて行ってくださり、あなたと末永く夫婦でいられたら、なんとすばらしいことではありませんか！」

許宣は白娘子に言いくるめられて、怒りを喜びに変え、しばらく考え込んだが、色情に心胆を迷わされて、居続ける気になり、自分の住まいに帰らず、そのまま白娘子のところの二階で泊まった。

翌日、五条巷の王公の家に行って、王公に、「私の妻が侍女といっしょに蘇州からここへやって来ました」と言い、一つ一つ説明して言った。

「私はこれから妻に引っ越しをさせ、もどって来て、いっしょに暮らします」

王公は言った。

「それはめでたいことです。私にことわるまでもありませんよ」

その日、許宣は白娘子と青青を王公の家の二階に引っ越して来させた。翌日、お茶をいれて隣り近所の人々を招いた。三日めになると、隣り近所の人々がまた許宣を歓迎の宴に招いてくれた。酒宴がお開きになると、隣り近所の人々がそれぞれ帰って行ったことは、さておく。

四日めになると、許宣は早起きして髪をとき洗顔をすませて、白娘子に言った。

「私は東西の隣り近所の皆さんにお礼を言ってから、仕事に行って来るよ。おまえは青青といっしょにひたすら二階で留守番をし、くれぐれも表に出てはダメだよ」

申しつけると、自分は生薬屋へ行って働き、早く行って遅く帰った。知らず知らずのうちに、光陰は矢のごとく、日月は梭のごとく、また一か月過ぎた。ある日、許宣は白娘子に、主人の李克用や奥さんや家族に会いに行ってはどうかと、相談した。白娘子は言った。

「あなたはあちらのお宅で番頭をしているのだから、あちらにお目にかかりに行けば、日ごろ行き来するにも都合がいいですわ」

翌日になると、許宣は轎を雇って来て、さっそく家のなかへ入り白娘子に乗るように頼んだ。かくて、王公に蓋(ふた)付きの箱を担がせ、侍女の青青がお供をして、みんなで李克用の家までやって来た。白娘子は轎から下りると、なかへ入り、李克用に出て来てもらうよう頼んだ。李克用が慌てて会いに来ると、白娘子は深々と頭を下げて「万福(ワンフー)」と唱え、二度拝礼すると、李克用の奥さんも二度拝礼し、家族もみな挨拶した。

なんと李克用は年をとっているとはいえ、ひたすら好色だったので、白娘子の絶世の容姿を見ると、これぞまさしく

三魂不附体　　三魂(さんこん)　体に附かず
七魄在他身　　七魄(しちはく)　他身に在り

三魂（精神を主宰する三つの陽の生気）は身体から離れ、七魄（肉体を主宰する七つの陰の生気）は他人の身体に移り、すっかり気もそぞろになってしまった。

という具合に、あいなったのだった。


李克用はまじろぎもせず、白娘子をみつめていたが、妻がすぐに酒食の用意をしてもてなした。妻は李克用に言った。

「なんて賢い奥さんでしょう！　とてもきれいだし、やさしくて穏やかで、本分を守り落ち着いていらっしゃるわ」

李克用は言った。

「ほんとうに杭州の女はきれいだな」

酒宴がお開きになると、白娘子はお礼を言って帰った。

李克用は内心、「どうすれば、あの女と一夜をともにできるだろうか？」と思い、眉を寄せて考えていると、一計が浮かび、「六月十三日はわしの誕生日だ。慌てる必要はない。あの女を罠にはめてやろう」と思った。いつのまにか、あっというまに時がたち、端午節がすんだと思ったら、もう六月の初旬になった。李克用は妻に言った。

「おまえ、十三日はわしの誕生日だから、宴席を用意して、親類や友だちを招待し一日、気晴らしをしよう。これも一生の楽しみだ」

さっそく親類、隣り近所の人々、友人、番頭らにすべて招待状を出した。翌日、家々から蠟燭、麵、手拭いなどの贈り物が届いた。十三日にはみな宴会にやって来て、一日じゅう飲み食いした。その翌日には、女性客がお祝いに来たが、これまた二十人ほどいた。

さて、白娘子もやって来たが、たっぷりおめかしし、上には青地に金糸を織り込んだ上衣を身に着け、下には真っ赤の紗の裙（スカート）をはき、頭じゅうに精巧な真珠・翡翠・金銀の飾りをつけて、青青を連れ、なかへ入って誕生日のお祝いを述べ、奥さんにお目にかかった。

東閣（東のあずまや）に宴席が用意された。李克用は「虱（しらみ）を食べても後ろ足を残す」ほどケチな性分だったが、白娘子の美貌を見たために、一計を案じ、盛大な宴席を用意したのだった。それぞれ杯をやりとりして、ほろ酔いになると、李克用は立ち上がって衣服をぬぎ、手洗いに行った。李克用はあらかじめ腹心の下働きの小間使いに、「もし白娘子が手洗いに行くのに、なかへ入って行こうとしたら、おまえは別に彼女を奥の静かな部屋に案内せよ」

李克用はすでに段取りをつけると、先に自分は奥に身をひそめた。これぞまさしく、

不労鑽穴踰牆事　　穴を鑽（さん）し牆（へい）を踰（こ）ゆる事を労せず
穏倣偸香窃玉人　　穏やかに香を偸（ぬす）み玉を窃（ぬす）む人と倣（な）る

キリで穴をあけ、塀を越える苦労もなく、すんなりとお香を盗み玉を盗む者となる。

というところ。

ふと見ると、白娘子がほんとうに手洗いに行こうとしたので、下働きの小間使いは彼女を奥の一間の静かな部屋に案内し、もどって行った。李克用は内心、淫乱な欲望にあふれて、身体がフラフラし、なかへ入って行くことができず、戸の隙間からのぞき見した。のぞき見しなければそれまでだったが、ちょっとのぞき見したために、李克用はびっくり仰天、身をひるがえして逃げだし、奥まで行くと、仰向けに倒れてしまった。

不知一命如何　一命の如何(いか)になるかを知らざるに
先覚四肢不挙　先ず四肢の挙がらざるを覚ゆ
　命がどうなるかわからないまま、まず両手両足が動かないのに気がつく。

という次第。

李克用の眼には、花のごとく玉のごとき姿かたちは見えず、見れば、部屋のなかに一匹のつるべ桶（井戸の水を汲みあげる桶）ほどの太さの大きな白蛇がとぐろをまいており、両眼は灯盞(とうさん)（灯りの油皿）のように、金色の光を放っていた。仰天した李克用は息も絶え絶えに、身をひるがえして逃げだし、つまずいてひっくり返った。下働きの小間使いたちが支え起こして見ると、顔は真っ青、唇は白くなっていた。番頭が慌てて安魂定魄丹（あんこんていはくたん）を服用させると、やっと正気になってきた。李克用の妻は一同といっしょに見に来て言った。

「あなた、何のために大げさに騒ぎ立てて、どうなさったの？」

李克用はそのことにはふれず、言った。

「わしは今日、早起きしたし、それに毎日ちょっと苦労したから、慢性の頭痛が起こって眩暈（めまい）がし、倒れたのだ」

李克用は支えられて部屋に行き眠った。親類たちはまた席に着いて何杯か飲み、酒宴がお開きになると、みなお礼を言って帰宅した。

白娘子は家に帰り着くと、明日、李克用が店で許宣に、彼女が正体をあらわしたことを言いだすのではないかと恐れ、そこで一計を案じて、衣服をぬぎながら、ため息をついた。許宣は言った。

「今日、出かけて行って酒を飲み、どうして帰って来ると、ため息をつくのかい？」

白娘子は言った。

「あなた、言えないわ！　李員外はもともと誕生日のお祝いにかこつけて、よからぬことを考えていたのよ。わたしが手洗いに立つのを見ると、奥に隠れていて手籠（てご）めにしようとし、裙（スカート）や褲（ズボン）を引っぱって、わたしをからかったのよ。大声をあげようとしたけれど、みなさんがそこにいらっしゃったから、恥をさらすのが怖くて、そうもできず。そこで、わたしがちょっと押すとあいつは床に倒れ、恥ずかしくて面白くないから、眩暈がして倒れたとウソをついたのよ。この悔しさをどうして晴らしたらいいのやら！」

許宣は言った。

「おまえを手籠めにしたわけでもなく、向こうは私の主人なんだから、どうしようもなく、がまんするしかない。今度から行かなければ、それまでのことだ」

「あなたがわたしのために取り計らってくださらないなら、それでもひとかどの人間といえるかしら？」と白娘子。

「以前、義兄さんが手紙を書いてくれたおかげで、私はあの家に身を寄せられたのだ。幸い彼は断らず、家に置いて番頭にしてくれた。今、おまえは私にどうせよと言うのか？」

「男でしょう！　わたしがあいつにこんなにバカにされているのに、あなたはまだあいつの家で番頭をやるの？」

「おまえは、私にどこへ行けば落ち着いて暮らせると言うのか？　何をして暮らしを立てるのか？」

「他人の番頭をするのも、賤（いや）しいことです。自分で生薬屋を開くに越したことはないわ」

「まったくおまえの言うとおりだが、どうやって元手を用立てるのかな」

「安心してちょうだい。そんなことは簡単だわ。わたしが明日、いくらか銀子を持って来るから、あなたはまず家を一軒借りに行ってくださいな。それからまた話をしましょう」

さて、「今は昔、昔は今」、いつの時代にもどこにでも、こんなおせっかいはいるもので、隣りに一人の男が住んでおり、姓は蔣、名は和というが、生まれつきおせっかいで出しゃばりだった。翌日、許宣は白娘子に銀子を少々もらうと、蔣和を鎮江の船着き場のほとりに行かせて、家を一軒借り、一揃いの生薬の戸棚を買い付けて、次々に生薬を買い集めた。十月ごろになると、準備はすべて完了し、日を選んで生薬屋を開き、番頭の仕事に行かなくなった。李克用もこれを知って恐れ入り、許宣を呼びに来なかった。

許宣が店を開いてから、思いがけず、商売は毎日、いつも繁盛した。ちょうど門前で生薬を売っていたとき、一人の和尚がお布施を求める帳簿を持って言った。

「てまえは金山寺の和尚です。この七月七日は英烈龍王の誕生日ですので、どうか旦那さまにはお寺にご焼香においでいただき、いくらかお線香代をご喜捨くださいますように」

許宣は言った。

「名前を書くまでもありません。私は一塊のラカ（香木の一種）のお香を持っており、あなたに喜捨しますので、持って行ってください」

さっそく櫃を開けて取りだし和尚にわたした。和尚は受け取って言った。

「この日にはどうかいらっしゃってください」

和尚は合掌して挨拶し立ち去った。白娘子はこれを見て言った。

「この役立たず！　あんな上等のお香をクソ坊主にやったら、酒や肉に換えて食らうだけだわ！」

許宣は言った。

「私はまったくの真心で彼に喜捨したのだから、むだ使いしても、それは彼の罪だよ」

いつのまにか七月七日になり、許宣がちょうど店を開いたとき、通りは賑やかで、人が行ったり来たりしていた。と、太鼓持ちの蔣和が言った。

「小乙さん、先日、お香を喜捨したのに、今日はどうしてお寺を一回りしに行かないのですか？」

許宣は言った。

「かたづけるから、ちょっと待ってくれ。きみといっしょに行こう」

「てまえがお供しましょう」と蔣和。

許宣は慌ててかたづけると、なかへ入って白娘子に言った。

「私は金山寺にお焼香に行くから、おまえは家で留守番していておくれ」

白娘子は言った。

「『事無くして三宝殿（さんぽうでん）に登る無かれ（用事もないのに三宝殿にお参りするな）』だわ、何をしに行くの？」

許宣は言った。

「一つにはこれまで金山寺に行ったことがないため、二つには先日、喜捨をしたために、お焼香に行きたいのだ」

「あなたが行きたい以上は、わたしも止めることはできません。ただ、わたしのいう三つの条件に従ってちょうだい」と白娘子。

「どんな三つの条件かい？」と許宣。

「一つめは、方丈（住職の居室）のなかに入ってはいけないこと、二つめは、和尚と話をしてはいけないこと、三つめは、行ってすぐ帰ること。帰りが遅いと、わたしはすぐあなたを捜しに行きます」と白娘子。

「そんなことはかまわんよ。全部言うとおりにするから」

と許宣は言い、すぐさま新品の衣服、鞋、靴下に替え、香箱を袖のなかに入れると、蔣和といっしょに江（こう）のほとりに行き、船に乗って、金山寺へ向かった。まず、龍王堂に行ってお焼香すると、寺をめぐって一回りぶらつき、お参りの人々といっしょに足にまかせて方丈の門までやって来た。許宣はパッと思いだして、「女房に方丈のなかへ入るなと言われているんだ」と言うと、足を止めてなかへ入って行かなかった。蔣和は言った。

「かまいませんよ。奥さんは家にいるんだから、帰ってから行かなかったと言えば、それで大丈夫です」

言いおわると、なかへ歩み入り、一通り見ると、すぐ出て来た。

さて、方丈のまんなかの座に、一人の有徳の和尚が座っていたが、眉目秀麗で、まるい襟の僧衣を着ており、そのようすを見ると、たしかにまことの高僧だった。許宣が通り過ぎるのをチラッと見ると、すぐ侍者を呼んで言った。

「早くあの若者を入って来させよ」

侍者は一通り見たが、人の数が多くてごった返しているうえ、若者の顔を覚えておらず、「もどって」報告して言った。

「どこへ行ったか、わかりません」

和尚はこれを聞くと、禅杖を持って、方丈から出て来て、あちこち捜したが見つからず、またみずから寺を出て見に行った。ふと見ると、人々はみなそこで風と波が静かになるのを待って、船に乗ろうとしていた。しかし、風も波もますます激しくなり、「渡れないな」と言っていた。

ちょうど見ていた間に、江のまんなかを一隻の船が飛ぶようにやって来た。許宣は蔣和に言った。

「こんな激しい風と波では渡れないのに、あの船はどうして速やかに来ることができたのだろう？」

話している間に、船は早くも近づいて来た。見れば、一人の白い衣服を着た女と一人の青い衣服を着た娘が岸辺までやって来た。よくよく見れば、これぞまさしく白娘子と青青の二人だったので、許宣はびっくり仰天した。白娘子は岸辺まで来ると、大声で言った。

「あなた、どうして帰って来ないの？　早く船に乗りなさい！」

許宣が船に乗ろうとしたとき、背後で誰かが、「ちくしょうめ、ここで何をしているのか！」と怒鳴りつける声が聞こえた。許宣がふり返ると、人々が言った。

「法海禅師（ほうかいぜんし）さまがおいでになった！」

法海禅師は言った。

「ちくしょうめ、また無礼をはたらき、人々に害を与えおって！　老僧（わたくし）はおまえのためにわざわざやって来たのだ！」

白娘子は法海禅師を見ると、船を漕ぎだし、青青といっしょに船をひっくり返して、二人とも水底へ身を躍らせた。許宣は身体の向きを変えて法海禅師をちょっと見るや、拝礼して言った。

「尊師さまに申しあげます、弟子（てまえ）のちっぽけな命をお助けください！」

法海禅師は言った。

「おまえはどうしてあの女と出会ったのか？」

許宣はこれまでの事を最初から一通り説明した。法海禅師は聞きおわると、言った。

「あの女はまさしく妖怪だから、おまえは速やかに杭州に帰りなさい。もし、またおまえにつきまといに来たら、西湖の南の浄慈寺（じんずじ）に私を訪ねて来なさい」

四句の詩に次のようにある。

本是妖精変婦人　本と是れ妖精　婦人に変じ
西湖岸上売嬌声　西湖岸上　嬌声を売る
汝因不識遭他計　汝は識らざるに因って　他の計に遭うも
有難湖南見老僧　難有らば　湖南にて老僧に見えよ

もともと妖怪が女に変身して、西湖の岸辺で媚を売ると、おまえは知らなかったために、彼女の計略に引っかかったが、災難がふりかかったら、西湖の南に老僧にお目にかかりに行け。

許宣は法海禅師に拝礼して感謝すると、蔣和といっしょに船に乗って、江を渡り、岸に上がって家に帰った。白娘子と青青は消え失せており、それではじめて妖怪だと納得したのだった。夜になると、蔣和をいっしょにいさせて夜を過ごしたが、内心、煩悶して、一晩じゅう眠れなかった。

翌日、朝起きると、蔣和に家の番をさせ、なんと針子橋の李克用の家に行って、これまでのことを一通り告げた。李克用は言った。

「わしの誕生日のとき、彼女が手洗いに行ったさい、わしはばったり出くわして、思いがけずその妖怪の正体を見てしまい、仰天して死にそうになったのだが、とてもきみにその話をすることはできなかった。そういうことなら、きみはしばらくわしのところへ引っ越して来て暮らし、別に手だてを考えなさい」

許宣は李克用に礼を言って、もとどおり彼の家に移り住み、いつのまにか二か月余りたった。ある日、許宣が門の前に立っていると、地方の総甲(そうこう)*6が、一軒一軒の住民たちに、いっしょに線香、花、灯火、蠟燭を持って、朝廷の恩赦を歓迎するようにとふれ回っていた。なんと南宋初代皇帝の高宗(こうそう)（一一二七―六二在位）が孝宗(こうそう)を太子に立てられたため、天下に恩赦をくだされて、殺人犯を除き、その他の小さな事件の罪人は、ことごとく無罪放免して帰宅させることになったのだった。許宣は恩赦に遭い、喜びにたえず、詩を一首吟じた。その詩は次のとおり。

感謝吾皇降赦文　感謝す　吾が皇　赦文(しゃぶん)を降(くだ)し
網開三面許更新　網を三面に開き　更新を許すを
死時不作他邦鬼　死する時　他邦の鬼と作らず
生日還為旧土人　生くる日　還(ま)た旧土の人と為る
不幸逢妖愁更甚　不幸にして妖に逢い　愁い更に甚(はなは)だしく
何期遇有罪除根　何ぞ期せん　罪を有(ゆる)し根を除くに遇(あ)わんとは
帰家満把香焚起　家に帰れば　満把(まんぱ)の香を焚き起こし
拝謝乾坤再造恩　拝謝せん　乾坤(けんこん)再び恩を造(いた)すを

天子さまが恩赦をくだされて、法網を三方面開かれ*7、罪人が立ち直る機会を与えてくださったことに感謝する。おかげで、死んでも他郷の幽鬼とならずにすみ、生きているときに、また故郷の人間になることができる。不幸にも妖怪に遭遇して悩みがはげしくなったが、思いがけず、罪を許されすっかり無罪放免となった。家に帰ったなら、手いっぱいにお香をつかんで焚きあげ、天地の神々がふたたび恩愛を施されたことにお礼を言おう。

許宣は詩を吟じおわると、李克用に頼んで役所の上から下までの役人にみな賄賂を贈るべく金を使うと、大尹にお目どおりして通行証をもらい、故郷の杭州に帰ることになった。隣り近所の人々にお礼を言うと、李克用の奥さんはじめ家族の人々と、二人の番頭に拝礼して別れを告げた。また、太鼓持ちの蔣和に頼んで土産物を少々買ってもらい、それを持って杭州に帰った。家に到着し、義兄の李募事と姉に会うと、四度拝礼した。義兄は許宣を見ると、イライラして言った。

「きみ、人をバカにするにもほどがあるぞ。わしは手紙を書いて、きみを人のもとに身を寄せさせてやったのに、きみは李員外の家で女房を娶りながら、手紙を書いてわしに知らせもせず、なんと道理にはずれたやり口ではないか！」

許宣は言った。

「私は女房を娶ったことはありません」

義兄は言った。

「二日前、侍女を連れた女があらわれ、おまえの妻だと言い、おまえが七月七日に金山寺へ焼香に行ったまま、帰って来ないとのこと。どこを捜しても見当たらず、今になって、おまえが杭州に帰ったと聞き、侍女ともども先にここに来ておまえを待ち、もう二日になる」

人に言ってその女と侍女を呼びださせ、許宣に会わせた。許宣が見ると、果たせるかな、白娘子と青青だった。許宣はこれを見ると、眼を見張り口を開けて呆気にとられ、びっくり仰天した。義兄と姉の前では、詳しい話はせず、しかたなく白娘子がひとしきり怨み言を言うのを聞いていた。

義兄は許宣を白娘子とともに一間に落ち着かせた。許宣は暮れてくると、白娘子が怖くなり、内心、慌てふためいて、前に進むこともできず、白娘子に対して床に跪きながら言った。

「あなたはいったいどんな神鬼なのでしょうか？　どうか私を助けてください！」

白娘子は言った。

「小乙さま、どういう意味ですか？　わたしはあなたと長い間夫婦であり、あなたに損をさせたこともないのに、どうしてそんな意気地のないことをおっしゃるの？」

許宣は言った。

「あなたと知り合ってから、私は巻き添えを食って二度、裁判沙汰に遭いました。鎮江府に行くと、あなたはまた私を訪ねて来られました。先日、金山寺でお焼香し、帰りが遅くなったときには、あなたと青青がまたすぐ追いかけて来られましたが、法海禅師を見るや、すぐさま江に跳び込まれました。私はあなたが亡くなったとばかり思っていましたが、思いがけず、あなたはまた先にここに来ておられました。どうか哀れと思って、私をお許しください！」

白娘子は不気味な目を見張って言った。

「小乙さま、わたしもよかれとばかり思っておりますのに、なんと怨みの原因になってしまいました。わたしとあなたは生涯の夫婦であり、枕をともにし衾（掛け布団）をともにして、深い情愛に結ばれていますのに、今、わたしたち夫婦の仲を引き裂こうとする、他人を信じ、その言うことに耳を傾けるなんて！　わたしは今、ほんとうのことを言いますから、もし、あなたがわたしの言うことを喜んで聞いてくださるなら、万事うまくゆきますが、もし、めったな気持ちを起こしたなら、この町全体をすべて血の海にし、人々は手で大波に攀じ登り、足で渦巻く波を踏んで、誰も彼も非業の最期を遂げることになります」

仰天した許宣は戦々兢々とし、しばらく答えるべき言葉もなく、歩み寄って前に進むこともできなかった。青青がなだめて言った。

「旦那さま、奥さまは、あなたさまの杭州の人らしい男ぶりのよさを愛しておられ、またあなたさまの情愛の深さを気に入っておられます。わたしの言うことを聞いて、奥さまと仲直りなさってください。疑いをもたれてはいけません」

許宣は二人につきまとわれて、こらえきれず、大声で言った。

「なんと辛いことよ！」

と、姉が中庭で涼んでいたが、許宣の悲鳴を聞き、慌てて部屋の前まで行くと、二人が喧嘩しているのだとばかり思い、許宣を引っぱりだした。白娘子は部屋の戸に鍵をかけて眠った。許宣は事件の因果関係を、一つ一つ、姉に一通り告げた。うまい具合に、義兄が夕涼みの後、部屋に帰って来た。姉は言った。

「あの人たち二人で喧嘩し、今、彼女が眠ったかどうかわからないから、あなた、ちょっと行ってのぞいて見てくださいな」

李募事が部屋の前まで行って見ると、室内は真っ暗で、一筋の灯りもないので、舌の先で窓の障子紙を舐めて破った。のぞき見しなければよかったのだが、ちょっとのぞき見したところ、一匹のつるべ桶ほどの太さの大蛇が、寝台の上で横になり、天窓から頭を伸ばして涼んでおり、鱗のなかから白光が放たれて、室内を真昼のように照らしだしていた。

李募事はびっくり仰天し、身体の向きを変えて逃げだした。自室に帰り着くと、この事は口にせず、言った。

「眠っていて、会えなかったよ」

許宣は姉の部屋に隠れて、顔を見せず、義兄の李募事も彼に何もたずねなかった。一夜過ぎると、翌日、義兄は許宣を表に呼びだし、静かなところまでやって来ると、たずねた。

「きみの女房はどこから娶って来たのか？　わしにほんとうのことを言い、騙してはいけない。

李募事と許宣が帰ると、戴先生は一瓶(かめ)の鶏冠石(けいかんせき)の薬水を持って、まっすぐ黒珠巷にやって来て、李募事の家はどこかとたずねた。ある人が指さして言った。

「この先のあの二階建てがそうです」

戴先生は門前までやって来ると、簾(すだれ)をあげ、エヘンと咳払いしたが、誰も出て来ない。しばらく門を叩いていると、若い奥さんが出て来てたずねた。

「どちらのお宅をお訪ねですか?」

戴先生は言った。

「こちらは李募事さんのお宅ですか?」

「そうです」と若い奥さん。

「お宅に一匹、大蛇がいるとか、今しがたお二人の旦那さんがてまえにつかまえてほしいと、頼みに来られました」と戴先生。

「わが家のどこに大蛇がいるんですか? あなた、お間違えですわ」

「旦那さんがたは先に私に一両の銀子をくだされ、蛇をつかまえた後で、またお礼をくださるとおっしゃいました」

白娘子は言った。

「いませんよ。信じてはなりません、あの人たちはあなたを騙したのです」

「どうしてからかったりするのですか?」と戴先生。

白娘子は何度帰らせようとしても、立ち去らないので、いらつきだして言った。

「あなたはほんとうに蛇がつかまえられるんですか？　たぶんあなたがつかまえようとしても、無理でしょうね」

戴先生は言った。

「私の祖先は七、八代、蛇を呼び蛇をつかまえてきました。思うに、一匹の蛇をつかまえることなど、何の難しいことがありましょうか！」

「あなたがつかまえられると言っても、たぶん見たら逃げだすでしょうね」と白娘子。

一匹のつるべ桶ほどの太さの大蛇が跳びだして来た。

「逃げません、逃げませんとも！　もし逃げたら白銀一錠、罰として出します」と戴先生。

白娘子は、「わたしについて来てください」と言い、中庭まで来ると、方向転換して、なかへ入って行った。かの先生は手に瓶をさげ、空き地に立っていた。そう時間がたたないうちに、一陣の冷風が吹き起こり、風が吹き過ぎたとき、一匹のつるべ桶

「義兄さん、これからどうしましょう？」

李募事は言った。

「はっきり紛れもなく妖怪だ。今、赤山埠(せきざんふ)の前の張成(ちょうせい)の家はわしに一千貫銭の借りがあるから、きみはあそこの静かな所に行って、一間借りて寝泊まりしなさい。あの妖怪はきみがいなくなったら、当然立ち去るだろう」

許宣はどうしようもなく、しかたなく承知し、義兄といっしょに家に帰ると、ひっそりして、いささかの動きもなかった。義兄は手紙を書き、証文といっしょに封をして、許宣を赤山埠に行かせようとした。と、白娘子は許宣を大声で呼びながら部屋まで来て、言った。

「あんた、なんと大胆な！ また何とかいう蛇取りを呼んで来るなんて！ あんたがわたしに好意をもっているなら、仏の眼で見てあげるけれど、そうでなかったら、町じゅうの人を巻き込んでひどい目に遭わせ、全員、非業(ひごう)の死を遂げさせてやるわ！」

許宣はこれを聞くと、ふるえあがって声も出ず、証文を持って、悶々と思い悩むばかりだった。

さて、赤山埠の前まで来ると、張成の家を捜しあて、さっそく袖のなかから証文を取りだそうとしたところ、なくなっているではないか。「困った！」と大声で叫び、慌てて後もどりし、ひたすら捜しながらもどって行ったが、どこにも見当たらない。思い悩んでいるうち、浄慈寺の前まで来ると、金山寺の長老の法海禅師が以前、「もし、あの妖怪がまた杭州に来ておまえにつきまとったなら、浄慈寺に私を訪ねて来なさい」と申しつけたことを、ふと思いだし、「今こそ訪ねるときだ」と思い、急いで寺に入って、監寺（かんす）（僧侶を監督する役僧）にたずねて言った。

「和尚さまにおたずねしますが、法海禅師さまはお寺においででしょうか？」

その和尚は言った。

「いらっしゃっておりません」

許宣は不在だと聞き、ますます思い悩んだ。引き返して長橋（ちょうきょう）のたもとまで帰って来ると、自問自答して、「『時衰え、鬼（き）は人を弄ぶ（運勢が衰えると、幽鬼までもが人を弄ぶ）』というが、私が生きていても何の役にも立たない！」と思い、西湖のきれいな水を眺めて、跳び込もうとした。

これぞまさしく、

　閻王判你三更到　　閻王（えんおう）　你（なんじ）を判じて三更に到らしむれば
　定不容人到四更　　定めて人の四更に到るを容（ゆる）さず

　閻魔大王があなたに裁きをくだし三更（午後十一時―午前一時）に地獄に来させようとしたなら、けっして四更（午前一時―三時）にやって来ることを許さない（人の生死は閻魔大王の決定しだい）。

というところである。

許宣が水に跳び込もうとしたとき、後ろで誰かが大声で言うのが聞こえた。

「男たる者がどうして命を粗末にするのか！　死んでも何の足しにもならんぞ。何かあれば、どうしてわしを訪ねて来なかったのか！」

許宣がふりむいて見ると、まさしく法海禅師だった。背中に衣鉢（いはつ）を背負い、手に禅杖を持って、なんとほんとうに今やって来たところだった。これもまだ寿命が尽きなかったためであり、もうちょっと遅かったら、許宣の命も一巻の終わりであった。許宣は法海禅師を見ると、頭を下げて拝礼し、言った。

「弟子（てまえ）の命をお助けください！」

「あのちくしょうはどこにいるのか？」と法海禅師。

許宣はそれまでのことを一つ一つ訴えて、言った。

「今こちらに、尊師さまに私の命をお救いくださるようお願いに参りました」

法海禅師は袖のなかから一個の鉢を取りだし、許宣にわたして言った。

「おまえは家に帰ったら、あの女に気づかれないように、こっそりこの鉢をサッと頭にかぶせ、けっして力を抜かず、ギュッと抑えつけよ。慌ててはならんぞ。すぐ帰りなさい」

さて、許宣は拝礼してお礼を言うと、家に帰った。と、白娘子はちょうどそこに座っており、口のなかでブツブツと罵って言った。

「どこのどいつが亭主とわたしを仲違いさせて仇同士にしたのだろう、突きとめて、やっと話をつけてやるから！」

これぞまさしく、心づもりのある者が気もそぞろな者の隙をうかがい待つ機会であり、許宣はようすをうかがって、白娘子の注意がそれると、後ろからこっそり白娘子の頭にちょっと鉢をかぶせ、ありったけの力をこめてしっかり抑えつけた。と、女の姿が消え失せ、鉢の形に従ってゆっくり抑え込まれていったが、許宣は手をゆるめようとせず、ギュッと抑えつけた。すると、鉢のなかで、「あなたと数年、夫婦だったのに、なんとほんの少しの情けもないなんて、ちょっと放してちょうだい！」と、言う声がした。許宣がちょうどどうしていいか、わからなかったとき、知らせがあった。

「一人の和尚さんが、『妖怪をつかまえてやろう』とおっしゃっています」

許宣はこれを聞くと、慌てて義兄の李募事に言って、法海禅師をなかへ入らせた。法海禅師が奥までやって来ると、許宣は言った。

「弟子(てまえ)をお救いください！」

法海禅師が口のなかで唱えたのが何かはわからないが、唱えおわると、そっと鉢を持ち上げた。見れば、白娘子は七、八寸の長さに縮まり、まるで人形のようになって、両眼をギュッと閉じ、一塊になって床にうつ伏せになっていた。法海禅師は怒鳴りつけて言った。

「何の業が妖怪にたまり、どうして人につきまとったりしたのか？　仔細に述べてみよ」

白娘子は言った。

「禅師さま、わたしは一匹の大蛇です。風雨が激しく起こったために、西湖のほとりまで来て、青青とともに暮らしておりました。思いがけず、許宣と出会い、恋情がうごめいて、抑えられず、たちまち天の掟を犯してしまいましたが、一度も生きとし生ける者を殺したり害したことはありません。どうか禅師さまにはお慈悲を！」

法海禅師はまたたずねた。

「青青は何のバケモノか？」

白娘子は言った。

「青青は西湖の第三橋の下にある淵で千年生き、神通力をもつようになった青魚です。たまたま出会い、誘って仲間にしましたが、彼女は一日として楽しみを得たことはありません。あわせてどうか禅師さまには哀れと思し召しを！」

法海禅師は言った。

「おまえの千年の修練を思って、一死を免れさせるゆえ、正体をあらわせ！」

白娘子は承知しなかった。法海禅師は顔色を変え激怒して、口のなかで呪文を唱え、大声で怒鳴りつけ、言った。

「掲諦（ぎゃてい）（仏教の守護神）はどこだ？　サッサと青魚のバケモノをつかまえて来て、白蛇とともに正体をあらわさせよ。わしの裁きを聞かせてやる！」

すぐさま庭の前に一陣の暴風が吹き起こり、風が通り過ぎたとき、バチャンと音が響くと、空中から青魚が一匹落ちて来た。長さは一丈余り、地面でバチャバチャと何度か跳びはね、縮んで一尺余りの小さい青魚になった。かの白娘子を見ると、これまた正体をあらわして、長さ三尺余りの一匹の白蛇に変じ、まだ頭をもたげて許宣を見ていた。

法海禅師はこの二つのモノを鉢のなかに置き、袈裟（けさ）を引きちぎって鉢の口を塞ぐと、雷峰寺（らいほうじ）の前に持って行き、鉢を地面に置いて、人に命じて磚（かわら）や石を運ばせ、塔を一つ築き、また後年、許宣が寄付を募って、七層の宝塔を築いた。こうして千年万年にわたって、白蛇と青魚は世に出ることができなくなったのである。

さて、法海禅師は妖怪を抑え鎮（しず）めると、四句の偈（げ）をのこした。

西湖水乾　　西湖　水乾き
江湖不起　　江湖〔波〕起こらず
雷峰塔倒　　雷峰塔　倒れなば
白蛇出世　　白蛇　世に出ん

西湖の水が乾き、川や湖に波が立たなくなり、雷峰塔が倒れたならば、白蛇が世に出るだろう。

法海禅師は偈を唱えおわると、また八句の詩を作って、後世の人々を戒めた。

奉勧世人休愛色　世人に奉勧す　色を愛すること休かれ
愛色之人被色迷　色を愛するの人は　色に迷わさる
心正自然邪不擾　心正しく自ずと然らば　邪は擾さず
身端怎有悪来欺　身端なれば　怎でか悪の来たり欺くこと有らん
但看許宣因愛色　但だ看る　許宣は色を愛するに因り
帯累官司惹是非　官司に帯累して　是非を惹きおこす
不是老僧来救護　是れ老僧の来たりて救護せざれば
白蛇吞了不留些　白蛇吞了して　些かも留めざらん

世の人に忠告する、美女を愛してはならないと。美女を愛する者は美女に惑わされる。心正しく自ずとそんなふうであれば、邪悪な者にかき乱されることなく、身持ちがきちんとしていれば、どうして悪人が騙しに来ることがあろうか。見れば、許宣は美女を愛したために、巻き添えを食って裁判沙汰に巻き込まれ、悶着を起こす羽目になった。老僧が助けに来てくれなければ、白蛇に呑み込まれて、影も形もなくなっていたことだろう。

法海禅師が吟じおわると、人々はそれぞれ立ち去った。ただ許宣は出家を願い、法海禅師を戴いて師匠とし、そのまま雷峰塔で僧衣を身に着け剃髪して僧侶になった。かくて、数年の間、修行し、ある夜、座化（禅椅に座ったまま昇天すること）してこの世を去った。僧侶たちは厨子を買って来て〔亡骸を納めて〕荼毘に付し、その骨で塔を造って、千年も朽ちないようにした。また八句の詩があり、これを留めて世の人々へ戒めとした。その詩に曰く、

祖師度我出紅塵　祖師　我れを度して　紅塵を出ださしめ
鉄樹開花始見春　鉄樹　花を開きて　始めて春を見る
化化輪廻重化化　化化輪廻　重ねて化化
生生転変再生生　生生転変　再び生生
欲知有色還無色　有色を知らんと欲せば　還た無色
須識無形却有形　須く識るべし　無形は却て有形なるを
色即是空空即是　色即是空　空即是
空空色色要分明　空空色色　分明を要す

お師匠さまは私を仏門に入れ、俗世から脱出させてくださったので、鉄の木に花が咲くのを目にし、はじめて春を見た。何度も生と死の輪廻を繰り返して、また繰り返し、次々に生まれ変わって、また転変する。有色（色身すなわち肉体を有する者）を知りたいと思えば、逆に無色（肉体をもたない者）であり、無形は逆に有形だということを、認

識しなければならない。色即是空（現世のあらゆる現象や万物には実体がなく空無であること）、空即是色（固定した実体がなく空無であることによって、あらゆる現象や万物が成り立つこと）。空と色のこの真理を、はっきり悟らねばならない。

（『警世通言』下〔人民文学出版社、一九八一年〕による）

＊1　この詩は、南宋の林升（りんしょう）の七言絶句「臨安の邸（やしき）に題す」である。

＊2　この詩は、晩唐の杜牧の七言絶句「清明」である。

＊3　一一二七年、北宋が女真族の金によって滅ぼされると、江南に渡り、北宋王朝の一族を戴いて亡命王朝の南宋を立てたことを指す。

＊4　先に、実際に許宣が傘を借りたのは、三橋街で生薬屋を営む李将仕の弟の小将仕だとあるので、これは作者のうっかりミスであろう。

＊5　魔法使いは、汚い血や糞尿をあびせると、正体をあらわすとされた。このため、大尹は棒などで打つことをやめさせたのである。

＊6　宋代の戸籍制度で、住民の二、三十軒を一甲とし、順番に甲頭を選んで甲のすべての事務の責任者とし、これを総甲と呼んだ。

＊7　殷の始祖の湯王が野原の四方に獣をとらえる網が張りめぐらされているのを見て、その三方の網を取り除かせた故事にもとづく。

「白娘子 永えに雷峰塔に鎮めらるること」について

この作品は十七世紀初めの明末、馮夢龍（一五七四―一六四六）が編纂した白話短篇小説集「三言」の一つ、『警世通言』（巻二十八）に収められたものである。ちなみに、三言は『古今小説』（別名『喩世明言』）『警世通言』『醒世恒言』の三部からなり、それぞれ四十篇、合わせて百二十篇の白話短篇小説を収める。このなかには、編者の馮夢龍自身の作品もあり、この「白娘子永えに雷峰塔に鎮めらるること」（以下、「白娘子」と略す）はその一つだとされる。

ちなみに、三言は先にとりあげた瞿佑の『剪灯新話』と同様、中国では早くに姿を消し、日本の江戸時代に伝わった刊本が生き残るという運命をたどった。かくて、このきわめて完成度が高く、圧倒的なボリュームのある白話短篇小説集は、一九二〇年代、日本で再発見されるまで、文学史の闇に葬られつづけたのだった。

付言すれば、この「白娘子」は本書に収めた怪異短篇小説のなかで、唯一、白話で書かれた作品であり、また、分量的に見ても曲折に富んだ物語展開から見ても、中篇小説というべき力作だといえよう。

白蛇が美女に変身し人間の男に恋をするという「白娘子」のテーマそのものは、唐代伝奇小説の「李黄」（谷神子著）以来のものであり、馮夢龍の独創ではない。また、これとは別に南宋以後、さまざまな怪をなした白蛇の精が、法海禅師に退治され、杭州の西湖のほとりに立つ雷峰塔の下に閉じ込められたという、雷峰塔伝説も広く流布されるようになった。この伝説がやがて唐代伝奇小説で描かれた妖艶な白蛇のイメージと結びついて、語り物のジャンルで盛んにとりあげられるようになる。

馮夢龍の「白娘子」の物語はこれらの前史を踏まえて著されたものだが、その物語構造や語り口には、それまでとはまったく異なるきめ細かにして大胆な転換が見られる。従来の作品は、白蛇の精をひたすら不気味なバケモノとして排除するところに重点が置かれてきた。しかし、馮夢龍描くところの白娘子は、許宣を愛するあまり、数々の罪を犯してしまうが、唯々諾々と排除されたりはしない。彼女は開き直って、霊力の弱い道士を宙吊りにしたり、好色老人を死ぬほどふるえあがらせて気絶させるなど、果敢に闘い、彼女をバケモノ扱いする世間に徹底的に抗いつづける。こうして伝統的なバケモノ像を打ち壊し、白娘子に縦横無尽の活躍をさせることができたのは、名うての明末ラディカリスト、馮夢龍なればこそだといえる。

もっとも、最終的に、白娘子は法海禅師に排除されてしまい、しかも、まず手を下したのは、彼女をもてあまし、法海禅師の言いなりになった許宣だったのだから、この闘いは白娘子の完敗にほかならない。こうした結末のつけかたには、残念ながら、伝統的秩序体系に異を唱えた馮夢龍自身の限界があったというべきであろうか。

実はその後、清代以降になると、戯曲や民間芸能のジャンルでとりあげられる白蛇伝的世界は、しだいに様変わりし、白娘子はますます戦闘的に法海禅師と渡り合い、恋人の許宣も弱気な逃げ腰の姿勢から脱皮するという展開になってゆく。かくして、観客や聴衆は若い恋人たちの闘いにヤンヤの喝采を送り、逆に、したり顔の法海禅師は悪役と化して忌み嫌われるに至る。時代の変化を如実に感じさせる物語の変容である。

それにしても、先に紹介した唐代伝奇小説のヒロイン、狐の変化たる任氏が人間の男と牧歌的に共生した話と比べれば、馮夢龍の手になる白蛇の妖怪、白娘子の人間社会に対する抗いぶりは壮絶きわまりない。総じて、明代以降の怪異譚に登場する女性的なるものを象徴化した幽霊や妖怪の多くは、異なる者の伝統的イメージに敢然と異議を唱え、おどろおどろしくも強靭な迫力に満ちあふれる。これまた、時代の変化を鋭く察知し体現した幽霊像、妖怪像の変容といえよう。

清代

無双の牡丹

「葛巾」（蒲松齢著『聊斎志異』巻十）

常大用は洛陽の人である。牡丹マニアであり、曹州（山東省）の牡丹は斉魯が一番だと聞いて、あこがれていた。たまたま別の用で曹州に行き、素封家の家を借りた。ちょうど時は二月、牡丹はまだ咲いていなかったので、ひたすら庭を歩きまわり、新芽に目をそそいで、それが開くのを待ち望み、「牡丹を懐う詩」を絶句で百首作った。ほどなくしてだんだん蕾をもってきたが、旅費が乏しくなったので、春服を質に入れ、遊び楽しんで帰ることを忘れてしまった。

ある日の早朝、花のもとに行くと、娘と老女がそこにおり、高貴な家の人かと思って、急いで引き返した。夕方行くと、また二人を見かけたが、今度は落ち着いて身をかわし、やりすごしながら、ひそかにようすをうかがったところ、宮廷の女官のような装いでまことに艶やかだった。ボーッとしているうち、はたと、これは仙女にちがいない、世のなかにこんな女性がいるわけがない、と思いあたった。急いで立ちもどって捜し、ふいに築山にやって来ると、老女に出くわした。娘は石に腰を下ろしており、ふりかえって仰天した。老女は身をもって娘をかばい、叱りつけた。

「不届き者、何をするのですか！」

大用は跪いて言った。

「お嬢さんは仙女にちがいありません」

老女が「そんな世迷いごとを言うなら、令尹（県の長官）に突きだしますよ！」と叱りつけると、大用は恐れおののいた。

娘は微笑んで「行きましょう」と言い、築山を越えて行ってしまった。

　大用は帰ろうとしたが、歩くこともままならず、内心、娘が帰って父兄に告げたなら、きっと責められるだろうと思った。がらんとした部屋で横たわり、軽率だったと悔やみながら、幸い娘は怒った顔をしなかったから、もしかした

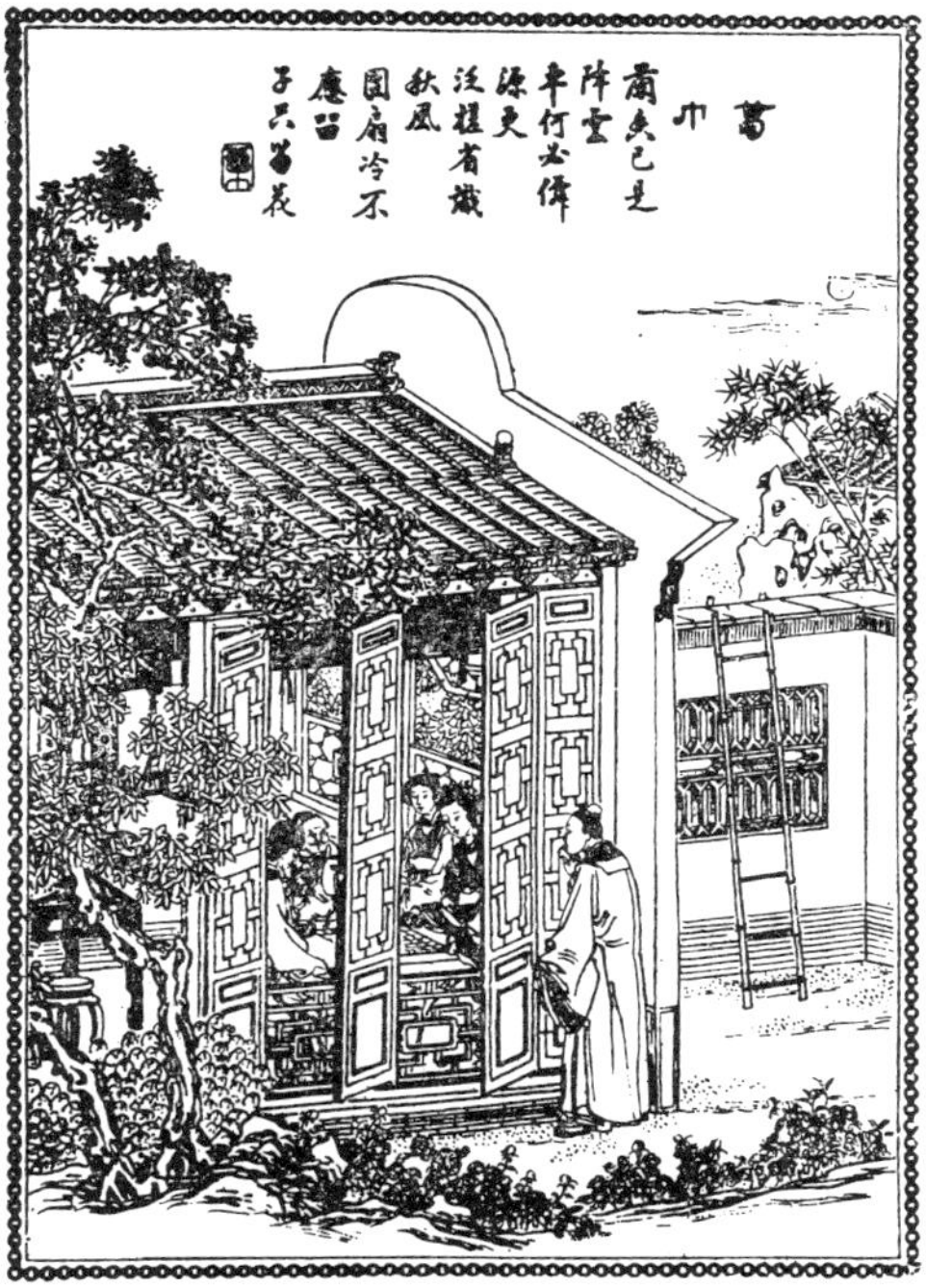

あでやかな女に目がくらみ、しのび寄って家の様子をうかがうと……。

ら気にしていないかも知れないと、ひそかに思ったりもした。後悔と恐れにこもごもさいなまれ、一晩じゅう、気に病みつづけたが、朝になり辰の刻（午前八時）ころになっても、責めに来る者がいないのを喜び、気持ちもだんだん落ち着いてきた。しかし、彼女の声や姿を思いだすと、恐れ転じて恋しさとなり、こうして三日たつうち、やつれ果てて死にそうになった。

夜、灯りがともり、下僕（げぼく）がぐっすり眠ったころ、老女が小さな甌（かめ）を持って、入って来て言った。

「うちの葛巾（かっきん）お嬢さまが手ずからお作りになった鴆湯（ちんとう）[*1]です。はやくお飲みなさい！」

大用は聞いて驚き、言った。

「私はお嬢さんに怨まれる覚えはないのに、どうして死を賜る（たまわ）ることになったのですか？　お嬢さんが手ずから作られたのなら、恋い慕って病気になるより、薬を仰いで死んだほうがましです！」

かくて引き寄せて飲みほした。老女は笑いながら甌を受け取って出て行った。大用は薬の香りがひんやりとし、毒らしくないと思っていると、にわかに胸のなかがゆったりのびやかになり、頭がすっきり爽やかになって、うっとりと眠り込んだ。目が覚めると、朝日が窓いっぱいに射しており、試しに起きてみると、病気は治ったようだった。そこで内心、ますます仙女だと信じたが、近づく手づるもなく、ただ人のいないときに、彼女が立ったり座ったりしているかのように、つつしんで拝礼し黙っておがむだけだった。

ある日、出かけて行ったところ、ふいに茂った木立のなかで、葛巾と顔を合わせ、幸いほかに人もいなかったので、大喜びして、地面にひれ伏した。葛巾が近づいてきて引っぱると、不思議な香りが身体全体から漂い、大用はさっと手でその玉のような白い腕をにぎって立ち上がった。見れば、肌はやわらかくなめらかだったので、骨も関節も麻痺したようになった。ちょうど何か言おうとしたとき、老女が急にあらわれた。葛巾は石の裏側に身を隠させ、南を指さして、「夜、花のはしごで塀を越えると、四方に紅い窓のある家があり、それが私の住まいです」と言うと、慌てて立ち去った。大用はがっかりして、魂が消し飛び、その行方もわからないほどだった。

夜になり、はしごを移して南の垣根を登ったところ、塀の下にもすでにはしごが置いてあり、喜んで下りると、果たせるかな、紅い窓が見えた。室内から碁を打つ音が聞こえたが、立ちつくしたまま進むこともできず、しばらくして塀を越えて帰った。しばらくしてからまた行ったところ、碁の音はいっそうひんぱんになっていた。だんだん近づいてのぞくと、葛巾は白衣の美女と向かいあい、老女もまたそこにおり、召使いがひかえていた。大用はまた引き返し、およそ三往復するうち、すでに三更(午後十一時―午前一時)に近づいた。大用が塀の上に身を伏せていると、老女が出て来て、「はしごだわ。誰が置いたのかしら?」と言うと、召使いを呼び、いっしょに運んで行ってしまった。大用は塀を登り、下りようとしても、はしごがないので、鬱々として引き返した。

翌晩、また行くと、はしごが前もってかけてあった。幸いひっそりとして誰もいなかったので、なかへ入ると、葛巾が一人で座っており、思いにふけっているようだった。大用を見ると、驚いて立ち上がり、身体を斜めにして立ち恥ずかしそうにした。大用は両手をこまねいて上下に動かして挨拶して言った。

「福が薄く、天上世界の人とはご縁がないと思っていましたが、なんとまた今夜のようなことがあるとは！」

かくて、抱きよせると、細い腰は両手に入るほど、息は蘭のようだった。彼女は腕をつっぱって拒み、「なんとせっかちな！」と言い、大用は「好事魔多し、もたもたしていると幽霊に嫉妬されます」と言ったが、その言葉がおわらないうちに、遠くで人が話す声が聞こえてきた。葛巾は、「妹の玉版が来ます！　しばらく寝台の下に隠れていてください」と言い、大用は言われたようにした。

まもなく一人の女性が入って来て、笑いながら言った。

「敗軍の将、また戦う気がありますか。もうお茶も沸いているし、長い夜の楽しみをしようとお迎えに来ました」

葛巾は疲れているからと断った。玉版はどうしてもと誘ったが、葛巾は座りこんで行こうとしない。玉版は「そんなに恋々としているなんて、男を部屋に隠しているんじゃないの？」と言い、むりやりに引っぱって、戸の外へ連れて行ってしまった。大用は膝で這い出て来た。怨めしくてたまらず、枕や敷物を探って、一つでも名残の品を得たいと願ったが、室内には化粧箱一つない。ただ枕元に水晶の如意（置き物の一種）があり、上に紫のリボンが結んであり、きれいでかわいらしい。これを懐に入れ、塀を越えて帰った。

衿や袖をととのえると、彼女の香りが残っており、ますます恋い慕う気持ちがつのった。しかし、寝台の下に潜んでいたことへの恐れによって、罰せられてはとびくびくし、あれこれ考えて二度と行かず、ただ如意を大切にしまって、彼女の訪れを願うばかりだった。一日隔てた夜、果たせるかな、葛巾がやって来て、笑いながら言った。

「私はあなたを君子だと思っていたのに、なんと泥棒だったのね」

「ほんとうにそのとおりです！　たまたま君子でなくなったのは、ひたすら如意（思うとおりになること）を願ったからです」

と、大用は言い、彼女の身体を胸にギュッと引き寄せて、裙の結び目をほどいた。玉の肌がたちまちあらわれ、熱い香りが四方に流れ、抱擁している間に、息や汗の香りがふっと匂い、何もかもすべてかぐわしい。そこで、大用は言った。

「私はもともとあなたを仙女だと思っていましたが、今、ますます間違いないとわかりました。幸いにして目をかけてくださるならば、ご縁は三生にわたります。しかし、杜蘭香[2]が人間に嫁げば、けっきょくお別れしなければならないのが、心配なだけです」

葛巾は言った。

「あなたは心配しすぎです。私は魂が身体から離れた倩女[3]にすぎず、たまたま心がときめいただけです。このことはくれぐれも秘密にしておいてください。人の口の端にのぼり、デマが流されると、あなたは翼を生やすことができず、私は風に乗ることができないとすれば、禍によって離ればなれになってしまい、よき別れよりいっそう惨めなことになります」

大用はもっともだと思ったが、けっきょく彼女は仙女のように思われるので、その姓名を教えてほしいと迫った。葛巾は、「私を仙女だと思われるなら、仙女がどうして姓名をお伝えする必要がありましょうか？」と言い、大用が「おばあさんはどんな人ですか？」と聞くと、葛巾は「桑ばあやです。私は小さいときから彼女に育てられたので、並みの召使いとはちがいます」と答えた。

かくして立ちあがり出て行こうとして、「私のところは人目が多く、長居はできません。おりを見て、またまいります」と言った。別れにのぞんで、如意を返してほしいと言い、「これは私のものではなく、玉版が忘れていったものです」と言った。「玉版とは誰ですか？」と聞くと、「私の妹です」と答え、如意をわたすと帰って行った。帰った後、布団や枕にはすべて不思議な香りが残っていた。

これ以来、彼女は二晩か三晩ごとにやって来た。大用は夢中になり、帰郷しようと思わなくなったが、財布のなかは空っぽであり、馬を売ろうとした。葛巾はこれを知って言った。

「あなたは私のために、財布を空っぽにし衣服を質に入れられて、申しわけなくてたまりません。また、馬を売って徒歩で行かれたら、千里余りの道のりをどうして帰って行けましょうか？　私には蓄えがありますから、少しばかり旅支度のお手伝いをします」

大用は言った。

「あなたのお気持ちはありがたく、なんとかご恩に報いたいと思いますが、お返しするすべもありません。にもかかわらず、欲ばって、あなたの財産を使ったりすれば、人でなしになってしまいます！」

葛巾はむりにすすめて、「しばらくあなたにお貸しします」と言い、大用の腕をつかんで桑の木の下に連れて行き、石を指さして「これを動かしてください！」と言うので、言うとおりにした。また、頭から簪を抜き、数十回、土に突き刺して、「ここを掘ってください！」と言うので、また言うとおりにすると、早くも甕の口があらわれた。葛巾は深く手を入れて、白銀五十両ばかりを取りだした。常大用は腕をつかんで止めたが、聞き入れず、また〔銀塊を〕十余粒ばかり取りだした。大用はむりに半分返してから、土をかぶせた。

ある夜、葛巾は大用に言った。

「近ごろ、ちょっとした噂があり、いつまでもこのままではいられません。あらかじめ心づもりをしないわけにはゆきません」

大用は驚いて言った。

「どうすればいいのですか！　私はもともとグズですが、今はあなたのために、操を失った寡婦のようになり、もう自分では何も決められません。あなたのご命令なら、刀・鋸・斧・鉞でも、ためらったりはしません！」

葛巾はいっしょに逃げる算段をし、大用に命じて先に帰らせ、洛陽で落ち合う約束をした。大用は旅支度をして帰郷し、先に帰って彼女を迎えようとした。家に到着したころ、彼女の車はすでに門に来ていた。大広間に入って家族に挨拶すると、近所の者はびっくりしてお祝いを述べ、誰もこっそり逃げてきたことを知る者はいなかった。大用はひそかに危惧したが、葛巾は落ち着きはらって、彼に言った。

「千里の彼方で追手の及ぶところではありませんが、もしバレたとしても、私は代々の名門の娘であり、卓王孫(たくおうそん)が司馬相如(しばしょうじょ)*4をどうにもできなかったのと同じです」

大用の弟の大器(たいき)は十七歳だった。葛巾は彼を見て、「すばらしい人ですね。将来性はあなたに勝っています」と言った。大器は妻を娶(めと)ったが一年で、妻は突然、若死にしてしまった。葛巾は言った。

「私の妹の玉版を、あなたも以前ちらっとごらんになったことがあるでしょう。器量はまあまあだし、年もちょうどいいから、夫婦になればお似合いだといえます」

大用はこれを聞いて笑い、冗談で取り持ってほしいと頼んだ。葛巾は「どうしても来させようとするなら、難しくありません」と言うので、喜んで「どうするのか?」と聞くと、答えた。

「妹は私といちばんの仲良しです。二頭の馬に軽い車をつけ、ばあやに往復してもらうだけです」

大用は以前の事もいっしょに露見するのを恐れ、その計画に賛成しようとしなかったが、葛巾はきっぱりと「大丈夫です」と言い、即座に車の用意をさせ、桑ばあやを行かせた。

数日して、曹州に到着し、町の門に近づくと、ばあやは馬車を下り、御者に命じて道端で待機させ、夜闇に乗じて町のなかに入った。しばらくして、玉版を伴ってあらわれ、馬車に乗って出発した。日が暮れると車中で泊まり、五更（午前三時―五時）になるとまた出発した。

葛巾は日数を計算し、大器に盛装して出迎えさせた。五十里（清代の一里は五百七十六メートル）ほどのところで、ちょうど出会い、馬車を馭[*5]して、帰宅すると、太鼓を鳴らし笛を吹いて、はなやかに灯をともし、花嫁花婿が拝礼をして婚礼をあげた。これ以来、この兄弟はともに美しい妻を得、家もまた日増しに富んだ。

ある日、数十騎の強盗団が屋敷に押し入った。大用は異変に気づき、一家をあげて楼に上がったところ、押し入った強盗が楼を包囲した。大用が下に向かって、「怨みがあるのか？」とたずねると、強盗は、

「怨みはない。ただ二つ要求があるだけだ。一つは両夫人が世にも稀なる美女の由、一度、拝ませてもらいたい。二つめはわれら五十八人に、それぞれ五百金もらいたいのだ」

と言い、楼の下に薪を集め、火をつける構えを示して脅かした。

常大用は金の要求は承知したが、強盗は不満だとして、楼に火をつけようとしたので、家の者はふるえあがった。葛巾は玉版とともに楼から下りようとし、止めてもきかなかった。きらびやかに装って下り、階段を三段残したところで、強盗に言った。

「私たち姉妹はともに仙女で、しばらく俗世にいるのだから、強盗なぞ怖くはありません！　お

まえたちに一万金与えようとしても、おまえたちには受け取れないでしょう」
強盗はいっせいに彼女を仰いで拝礼し、「ハッ、受け取れません」と言った。姉妹が退場しようとすると、一人の強盗が「これは詐欺だ！」と言い、これを聞いた葛巾が、身を返して立ち止まり、「どうしようというのですか？ さっさとやりなさい。まだ遅くはありません」と言うと、強盗どもは顔を見合わせ、黙りこくって一言も言わず、姉妹は落ち着いて楼を登って行った。強盗が仰ぎ見るだけで追いかけもせず、鬨の声をあげてようやく出て行った。

その二年後、姉妹はそれぞれ息子を一人産み、やっとだんだん自分から「姓は魏、母は曹国夫人に封じられました」と言うようになった。大用は曹州には魏という代々の名門はなく、また名家で娘がいなくなったのに、どうしてそのまま不問にしておくのだろうと、いぶかしく思った。

かくて用事にかこつけてふたたび曹州に向かい、州境に入るとたずね歩いたが、代々の名門に魏という姓はなかった。そこで、以前の家主に部屋を借りたところ、ふいに壁に「曹国夫人に贈る詩」が掛かっているのが目に入り、驚き不思議に思って、主人にたずねた。主人は笑って、即座に曹国夫人を見に行きましょうと誘った。行ってみると、牡丹が一本あり、丈は庇ほどの高さだった。名前の由来をたずねると、この花は曹州第一なので、同好の者が戯れに曹国夫人に封じたとのこと。何の品種かと聞くと、「葛巾紫です」と答えた。内心ますます驚き、彼女は「花妖」ではないかと疑った。

帰宅後、ありのままには語らず、ただ曹夫人に贈った詩の話をして、ようすをうかがった。葛巾はパッと顔色を変え慌てて出て行くと、玉版に子供を抱いて来させ、大用に言った。
「三年前、あなたの思いに感じ入り、かくて身を捧げお返ししました。今、疑われ、いっしょにいられなくなりました」
そこで玉版とともに子供を抱きあげ遠くへ投げると、子供は地面に落ち、二人とも姿が見えなくなった。大用が驚いてふりかえって見ると、二人の姿は消えうせており、後悔してやまなかった。数日後、子供が落下したところに牡丹が二株生え、一晩でたちまち一尺の高さとなり、その年花が咲いたが、一株は紫、もう一株は白、花の大きさは皿ほどあり、ふつうの葛巾や玉版より、花びらがとりわけびっしりと細かい。数年たつと、生い茂って群生し、別の場所に移植すると、いっそう変わった種類になり、その名を知る者もいなかった。これ以後、牡丹の名園として、洛陽無双となった。

異史氏曰く、「ひたすら思えば、その思いは鬼神にも通じるものであり、花も無情だとはいえない。少府（しょうふ）（白楽天（はくらくてん））は妻のない寂しさに、花を妻に見立てたが、[6] ましてや〔この牡丹は〕言葉もわかるのに、[7] どうして無理にその正体を突きとめる必要があっただろうか。残念ながら、常大用はまだ道理に通じていなかったのである」。

（『聊斎志異』〔会校会注会評本、全四冊。上海古籍出版社、一九七八年〕による）

＊1　鴆鳥の羽には毒があり、これを酒に浸すと毒酒となる。鴆湯はこの毒を煎じた薬湯とおぼしい。

＊2　仙女の名。東晋の曹毗の「杜蘭香伝」によれば、後漢のころ、ある漁師が洞庭湖のほとりで十二歳の少女と出会ったが、十年後、天女となって昇天したとされる。

＊3　倩娘に同じ。唐代伝奇の「離魂記」のヒロイン。恋人との別離に耐えられず、彼女の肉体から遊離した魂が恋人の後を追ったというもの。

＊4　前漢の文人司馬相如が蜀の富豪卓王孫の娘、卓文君と駆け落ちした故事を指す。

＊5　原文は「御輪」。古代、婚礼に先立ち、花婿が花嫁を迎えに行くさい、花嫁の乗った馬車をみずから操って三周した儀式にもとづく。

＊6　白楽天の七言絶句「戯れに新たに栽えし薔薇に題す」において、「根を移し地を易うるも　憔悴すること莫く、野外庭前　一種の春。少府は妻無く　春寂寞、花開けば爾を将て　妻に当てん」と歌っている。

＊7　玄宗が楊貴妃を「解語の花（言葉のわかる花）」にたとえた故事による。

菊を育てる姉弟

「黄英」（蒲松齢著『聊斎志異』巻十一）

馬子才は順天（北京）の人だった。世の菊好きのなかでも、子才はとりわけはなはだしく、よい種類があると聞くと、必ず購入し、千里の彼方もいとわなかった。ある日、金陵（江蘇省南京市）からの旅人が子才の家に泊まり、彼の親類のところに一、二種あり、北方では見られないものだと言った。子才は喜んで心躍らせ、さっそく旅支度をして、旅人について金陵まで行った。旅人が手を尽くして取りはからってくれたおかげで、二芽手に入れ、宝物のように大切に包み込んだ。

帰る途中、一人の若者に出会ったが、驢馬にまたがり、幌のついた車の後にしたがい、眉目秀麗、上品な風情だった。だんだん打ち解けて話すようになると、若者は、姓は「陶」だと名のり、子才に何の用で来たのかとたずねるので、ほんとうのことを告げた。若者は、「種類はどれもすばらしいのですが、栽培は人しだいです」と言い、菊を育てる方法を語り合った。子才が大喜びして、「どこへ行かれるのですか？」と聞くと、若者は言った。

「姉が金陵を嫌がるので、北方に引っ越すところです」

　子才は喜んで言った。

「私は貧乏ですが、拙宅（せったく）にお泊めすることができます。むさくるしいのがお嫌でなければ、よそに行かれるまでもありません」

　陶が馬車の前に走り寄り、姉にたずねた。車中の人は簾（すだれ）をおして答えたが、なんと二十ばかりの絶世の美女である。彼女は弟を顧みて言った。

「建物はむさくるしくてもかまいませんが、庭はゆったり広いほうがいいです」

　子才が代わりにこれをうけあい、かくしてともに帰って行った。

　子才の屋敷の南に荒れた畑があり、三、四本の丸太で作った小さな建物があったが、陶は喜んでそこに住んだ。陶は毎日、北の庭に立ち寄り、子才のために菊の世話をしてくれた。菊が枯れると、根こそぎ抜いて植えかえ、生き返らないものはなかった。しかし、家のなかは清貧であり、陶は毎日、子才と飲食をともにし、その家には火の気がないようだった。子才の妻の呂（りょ）氏もまた陶の姉をかわいがり、たびたび米を与えて暮らしを助けた。陶の姉は幼いころのあざなを黄英（こうえい）といい、話し好きで、呂氏のところに行くたびに、いっしょに針仕事や紡ぎ仕事をした。

　ある日、陶は子才に言った。

「あなたの家はもともと豊かではないのに、私たちは毎日、食事をいただいてご迷惑をかけています。いつまでもこんな具合では申しわけありませんので、考えてみましたところ、菊を売れば、充分、生計が立てられます」

子才はもともと潔癖な人だったので、陶の言葉を聞くと、はなはだ俗っぽいことだと思い、言った。

「私はあなたを風流で超然とした高士で、貧乏に耐えられる人だと思っていました。今、こんなことを言われるのは、〔ひっそりとした〕東籬(とうり)[1]を〔騒々しい〕市井(しせい)とするものであり、菊を辱(はずかし)めることになります」

陶は笑って言った。

「自分の力で育てたもので食べてゆくのは、欲ばりとはいえませんし、花を売ることを仕事にするのは、俗っぽいことではありません。人はもとより富貴を求めるべきではありませんが、わざわざ貧乏を求める必要もありません」

子才は何も言わず、陶は立ちあがって出て行った。これ以後、子才が棄てたむだな枝や質の劣る種を、陶はことごとく拾い集めて持って行った。これ以来、二度と子才のところで泊まったり食べたりしなくなり、招待すると、ようやくちょっとやって来るという具合だった。

まもなく菊が開花するころになると、門前が市(いち)のように騒がしくなり、子才が怪訝(けげん)に思って近寄り、ようすをうかがうと、町から花を買いに来た者が、車に花を載せたり肩に担いだりして、道にぞろぞろつづいていた。その花はすべて変わった種類であり、見たことのないものだった。内心、陶の貪欲さを厭(いと)い、絶交しようと思ったが、彼がこっそりすばらしい種類をかくしもっていたのが怨めしく、そこで彼の住まいの戸を叩き、直接、文句を言おうとした。陶は出て来るや、手を握ってなかへ引き入れた。見れば、半畝（清代の一畝は約六百十四平方メートル）の荒れた庭はすべて菊畑となり、丸太小屋をのぞいて、空き地もない。抜いたものには、別の枝を折って差し込んである。畑にある蕾は、どれも美しくめずらしいものばかり。とっくり見れば、どれも子才が前に抜いて棄てたものだった。陶は家に入って酒の支度をし、畑の側に席を作って言った。

「私は貧しくて清貧のご忠告を守れませんでしたが、連日、幸いにもちょっとしたもうけを得ており、一献さしあげたく存じます」

　しばらくすると、室内から「三郎」と呼ぶ声がし、陶は答えてなかへ入った。にわかに上等の肴が出され、煮物も手が込んでいる。そこで子才はたずねた。

「姉上はどうして結婚なさらないのですか？」

「時がまだ来ないのです」と陶。

「いつですか？」と子才。

「四十三か月たってからです」と陶。

　子才が「どういう意味ですか？」と追及しても、陶は笑うだけで答えない。歓を尽くして別れ、一晩過ぎて、また訪れたところ、新たに挿した菊はすでに一尺ほどになっていた。感嘆して、しきりにその方法を聞くと、陶は「これはもともと語り伝えることはできませんし、あなたはこれで生計を立てようとしておられないのですから、どうしてこんなことが必要なのですか？」と言った。

　また数日して、庭がややさびしくなると、陶は蒲（がま）の蓆（むしろ）で菊を包み、数台の車にくくりつけて出かけた。年を越し、春が半ばを過ぎたころ、ようやく南方のめずらしい花を載せて帰って来ると、町で花屋を開いた。十日で売り切ると、また帰って来て菊を栽培した。去年、花を買った者に聞くと、根を残しておいても、翌年にはすべてダメになるので、また陶から買い求めるとのこと。

　陶はこのため日増しに富み、一年で増築し、二年で大きな家を建てた。思うがままに建造し、

部屋のなかから「三郎」と呼ぶ声がした。

まったく主人（子才）に相談することはなかった。しだいにかつての花畑はことごとく建物となり、さらに塀の外に一区画の田を買って、まわりに土塀を築き、すべて菊を植えた。

　陶は秋になると、花を載せて出かけ、春が終わっても帰って来なかった。しかも子才の妻が病気で亡くなったため、子才は黄英に思いをかけ、それとなく人づてに気持ちを伝えさせた。黄英は微笑み、承知するよう

な風情だったが、ひたすら陶が帰ってくるのを待つだけであった。一年以上たっても、陶はけっきょくもどらず、黄英は下僕を使って菊を栽培したが、そのやりかたは陶と同じだった。金を得てますます手広く商い、村の外に肥沃な田を二十頃（清代の一頃は約六万一千四百平方メートル）手に入れ、屋敷もますますりっぱになった。

ふいに東粤（広東省）から来た旅人が〔子才のもとにあらわれ〕、陶からの手紙を届けてくれた。開けて見ると、姉を子才のもとに嫁がせたいというものだった。手紙を出した日付けを調べると、まさしく子才の妻が死んだ日である。園内で飲んだ日を思い起こすと、ちょうど四十三か月になる。不思議に思って、手紙を黄英に見せ、「仲人はどちらに行かせましょうか？」とたずねたが、黄英は辞退して結納を受けとらなかった。また、子才の住居はむさくるしいので、南の屋敷に移らせようとしたが、それでは入り婿のようだと、子才は断り、吉日を選んでみずから花嫁を迎え婚礼をあげた。黄英は子才に嫁ぐと、壁に扉を作って南の屋敷と通じるようにし、毎日、そこを通って下僕を監督した。

子才は妻が金持ちであるのを恥じ、いつも黄英に申しつけて南と北の帳簿を作らせ、入り混じらないようにさせた。しかし、家で必要な物があれば、そのたびに黄英が南の屋敷から持って来たので、半年もたたないうちに、家じゅうの目にふれる物はすべて陶家の物になってしまった。子才は人を使ってこれらをいちいち返させ、持って来ないように言い聞かせた。

しかし、一旬（十二日）もたたないうちに、また入り混じってしまう。数回そうやっているうち、子才は煩わしくてたまらなくなった。黄英は「陳仲子(ちんちゅうし)[*2]だってこんなめんどうなことはしないでしょう?」と笑い、恥ずかしくなった子才は二度とそんなことは考えず、何もかも黄英に任せた。数十日もたたないうちに、黄英は職人を集め材料をそろえて、大々的に土木工事をやりだしたが、子才はとめることができなかった。

数か月たつと、建物がつながり、二軒の屋敷は合体して一軒となり、境界がなくなった。しかし、黄英は子才の意見に従い、門を閉ざして二度と菊で商売しなくなったが、豊かな暮らしぶりは代々の名門にまさった。子才は落ち着かず、言うことには、

「私の三十年のすがすがしい徳義は、きみによってかき乱されてしまった。今、世のなかで、どうにか生きながらえているが、ただ妻に頼って食べており、まったくわずかばかりの丈夫の気概もない。人は富を願うが、私はひたすら貧乏を願うだけだ」

黄英は言った。

「私は貪欲で下品ではありません。でも、少しは豊かにならないと、いつまでも人に見下され、陶淵明(とうえんめい)は貧乏の血筋で、百代たっても出世できないと言われます。だから、ちょっとわが家を彭沢(ほうたく)とみなし、人から嘲けられないようにしただけです。[*3]だけど、貧乏人が富貴を願うのは、難しいですが、金持ちが貧乏を願うのは、これまた簡単至極です。私のお金はお気のすむように使ってください。私は惜しいと思いませんん」

子才は言った。

「他人の金を使うのもみっともない話だ」

黄英は、「あなたは富を望まれませんが、私も貧乏ではいられません。しかたありません、あなたのお住まいを分け、清らかな者は清らかなまま、濁った者は濁ったまま、ということにすれば、何の差しさわりもないでしょう」と言い、そこで庭園に茅屋を建て、美しい召使いを選んで子才の世話をさせた。

子才はそれで落ち着いたが、数日過ぎると、黄英が恋しくなり、招いても来ないので、やむなく逆に彼女のもとを訪れた。一晩おきに訪れるのが常となったところ、黄英は笑って言った。

「東で食べて西に泊まるなんて、清廉な人のやることではないでしょう」

子才もまた笑って答えようもなく、かくてまたもとどおり住まいを一つにしたのだった。

たまたま子才は所用で金陵に旅し、おりしも菊の咲く秋であった。早朝、花屋の前を通りかかり、見れば、店内に菊の鉢の列がぎっしり並んでおり、花はとても美しく、ハッとして、陶の栽培する花とよく似ていると思った。しばらくすると、店主があらわれたが、やっぱり陶だった。大喜びして、あれこれご無沙汰の挨拶をし、かくして一晩泊まった。子才がいっしょに帰ろうと誘うと、陶は言った。

「金陵は私の故郷ですし、ここで結婚しようと思っています。いささかお金もためましたので、ごめんどうですが、姉に届けてください。私は年末になったら、ちょっとうかがいます」

子才は聞き入れず、ますますつよく誘い、また言った。

「家は幸い豊かになり、何もしないでも暮らしてゆけるし、もう商売はやる必要はない」
そこで、陶は店に座って、下僕に値段をつけさせ、値下げして、数日のうちに菊を売り切った。子才はせきたてて荷造りさせ、船を雇って北へ帰った。門に入ると、黄英はすでに建物を分け、寝台、椅子、蒲団もみな用意してあり、まるであらかじめ弟も帰宅することを知っていたかのようだった。

陶は帰宅後、旅装を解き人を雇って、亭(あずまや)や庭を大々的に改築し、毎日、子才とともに碁(ご)をしたり酒を飲んだりするだけで、ほかの者とはつきあわなかった。彼のために結婚相手を選ぼうとしたが、辞退して望まないので、黄英が二人の侍女に寝所の世話をさせたところ、三、四年のうちに娘が一人生まれた。

陶はもともと酒豪だったが、いまだかつて泥酔(でいすい)した姿を見せたことがなかった。子才の友人に曾生(そうせい)という者がおり、これまた無類の酒量だった。たまたま曾生が子才のもとに立ち寄ったので、子才は陶と飲み比べさせた。二人は存分に飲んで歓を尽くし、知り合うのが遅かったのを残念がった。辰の刻（午前八時）から四更(しこう)（午前一時―三時）まで飲み、おのおの百壺を飲み尽くした。曾生はへべれけに泥酔し、そこで眠ってしまった。陶は立ち上がり帰って寝ようとし、門を出たところで菊畑を踏んで、ぐらりと倒れ、衣服を傍(かたわ)らに残して、たちまち菊と化した。丈は人ほど、花は十輪余りで、すべて拳より大きい。

子才は仰天して黄英に告げた。黄英は急いで駆けつけ、菊を抜いて地上に置き、「どうしてこんなに酔っぱらったの」と言うと、衣服で覆い、子才をうながして、いっしょに立ち去り、見てはいけないと注意した。夜が明けてから行ってみると、陶は畦（あぜ）のかたわらで寝ていた。子才はそこではじめて姉弟が菊の精だと悟り、ますます敬愛した。

しかし、陶は正体をあらわしてから、ますます飲みかたが放埒になり、いつも手紙を出して曾生を招き、かくして莫逆（ばくぎゃく）の友となった。たまたま花朝（かちょう）*4になり、曾生が訪ねて来たので、下僕二人に薬を入れた白酒一罈（かめ）を担いで来させ、いっしょに飲み尽くそうときめた。罈の酒がなくなりそうになっても、二人はまだそんなに酔っておらず、子才がこっそり一罈つぎ入れたところ、二人はこれも飲み尽くしてしまった。

曾生は酔ってフラフラだったので、下僕たちが背負って連れ帰ったが、陶は地面に寝ころび、また化して菊になってしまった。子才は見慣れていたので驚かず、例によって抜き取り、かたわらで見守りながら、変化のさまを観察した。しばらくすると、葉がますますしおれてきたため、恐れおののいて、ようやく黄英に知らせた。黄英は聞いて愕然（がくぜん）として「弟を殺しましたね！」と言うや、駆けつけて見たところ、根株はすでに枯れていた。

黄英ははげしく泣きながら、その茎を摘みとって鉢に埋め込み、自室に運び入れて、毎日、水をやった。子才は死ぬほど後悔し、曾生をひどく怨んだ。数日後、聞けば曾生はすでに酔っぱらって死んだとのこと。鉢のなかの花はしだいに芽をふき、九月にはもう咲いた。短い茎に白い花、嗅ぐと酒の香がするので、「酔陶（すいとう）」と名づけ、酒をそそぐとよく茂った。

その後、陶の娘は成長すると、代々の名門に嫁ぎ、黄英は生涯をおえるまで、ほかの人と変わったところもなかった。

異史氏は言った。「青山白雲の人は、かくて酔って死に、[*5] 世の人々はこぞって惜しんだけれども、彼自身（陶）にとって必ずしも快適ではなかったとはいえないだろう。こんな種類を庭に植えれば、よき友と会い、麗人と対面するようなものだから、これを捜し求めずにはいられない」。

（『聊斎志異』〔会校会注会評本、全四冊。上海古籍出版社、一九七八年〕による）

*1　東の籬（まがき）の地。陶淵明の「飲酒二十首」第五首に見える、「菊を采（と）る東籬（とうり）の下（もと）」を踏まえた表現。

*2　於陵子（おりょうし）。戦国時代の斉の人。宰相に招聘（しょうへい）されたのを断り、作男となった人物。清廉潔白の象徴。

*3　ここで、黄英はみずからを、菊を愛した貧窮の隠遁詩人・陶淵明の後裔（こうえい）になぞらえている。なお、彭沢は陶淵明が県令だったころの任地。

*4　百花の誕生日とされる旧暦二月十二日。

*5　唐の詩人傅奕（ふえき）の「青山白雲の人也（なり）、酔いを以（もっ）て死す」云々という言葉にもとづく。

［解説］〝孤憤〟をバネにしたシュールな怪異譚——『聊斎志異』について

ここにとりあげた二篇の「花妖（花の精）」の物語、「無双の牡丹」（原題「葛巾」）と「菊を育てる姉弟」（原題「黄英」）は、清初の蒲松齢（一六四〇—一七一五）が著した怪異譚集『聊斎志異』（十二巻本、十六巻本、十八巻本、二十四巻本がある。本書の訳の底本は十二巻本）からとったものである。

作者の蒲松齢は山東省淄川の出身。生家は先祖代々、科挙の地方試験合格者（秀才）を出した地方の名家だが、蒲松齢が生まれたころにはすっかり零落していた。幼いころから聡明だった蒲松齢は当時の習いどおり、科挙受験に臨んだが、どうしたわけか落第しつづけた。この間、順治十八年（一六六一）十八歳のときに、蒲松齢は淄川の名家の娘劉氏と結婚、四男一女をもうける。劉氏は以後、五十年以上、最良の理解者として、夫蒲松齢を支えつづけることになる。

夫婦仲はすこぶる円満だったが、科挙に失敗しつづけたため、生計が成り立たない。このため、蒲松齢は二十代後半から十年余りの間、短期の家庭教師をつとめたり、地方長官の幕僚になったりして、家族を養うが、暮らし向きはいっこうよくならなかった。しかし、康熙十八年（一六七九）、四十歳のとき、淄川きっての名門、畢家の家庭教師に招かれたのを機に、経済問題は解決した。畢家の厚遇を受けた蒲松齢は、けっきょく、康熙四十八年（一七〇九）七十歳で辞職するまで、えんえん三十年にわたり、畢家の家庭教師をつとめることになる。ちなみにこの間、蒲松齢は諦めわるく、なおも受験・落第を繰り返した。

『聊斎志異』はこうして、事、志に反し、生涯お雇い家庭教師をつづけた蒲松齢が、長い歳月をかけ、心血をそそいで、丹念に編みあげた文言短篇小説集である。これまたテキストによって収録篇数に微妙な差異があるが、つごう四百数十篇にのぼる作品のうち、仙人などの超能力者・幽霊・狐をはじめとする動物の変化、花妖など種々の妖怪を主人公とする、シュールな怪異譚が、大部分を占める。このなかには、六朝から明代に至るまで、種々の書物にみえる怪異譚を下敷きにした作品のほか、口頭で伝承される奇譚を採取、アレンジした作品も数多い。

ちなみに、中国の怪異譚は、本書でそのごく一部を紹介したように、三世紀中頃に始まる六朝時代から、十九世紀末の清末に至るまで、千五百年以上にわたり、無数の文人（知識人）の手で、絶え間なく作られつづけ、トータルにすれば、凄まじい数にのぼる。

この大いなる中国怪異譚の流れは、先に、瞿佑著「牡丹灯籠」の解説で言及したように、あらまし二つの型に分かれる。一つは、六朝志怪の『捜神記』に始まる不思議な事実の記録としての怪異譚、今一つは、唐代伝奇に始まる虚構の物語としての怪異譚である。

後者の流れを受け継いだ蒲松齢はあくまでも物語作者であり、先行する原資料をもとに想像を膨らませ、委曲を尽くした表現を用いて、多様な物語世界を構築した。文言小説の最高峰と目さ（もく）れるとおり、『聊斎志異』の完成度の高さは、六朝志怪以来の記録型、唐代伝奇以来の物語型が、交互に連なる怪異譚の系譜においても、ひときわ群を抜いている。

内容的にみると、『聊斎志異』でめだつのは、狐の変化譚が異様に多いことである。ただ、狐の変化譚といっても、『聊斎志異』の物語世界に登場する狐には異類の不気味さはない。ここでは、住む世界を異にするはずの、狐と人間が心を通わせ、共生しつづけるのである。狐以外にも、異類と人間の共生を描いた話が、『聊斎志異』にはすこぶる多い。ここにとりあげた二篇、「葛巾」および「黄英」の物語は、そのうち花妖（菊の精および牡丹の精）と人間の共生をテーマとしたものにほかならない。

もっともこの二篇には実は大きな差異がある。「黄英」の花妖（黄英）は、彼女が菊の精であることを悟りながら、何事もなかったように彼女を敬愛する主人公の菊マニア（馬子才（ばしさい））と、最後まで自然なかたちで穏やかに共生しつづける。これに対し、「葛巾」の花妖（葛巾）は、主人公の牡丹マニア（常大用（じょうたいよう））が彼女の出自に疑いを抱いて追及し、ついに人間ならざる牡丹の精だと突きとめた瞬間、彼らの共生感覚は無に帰し、葛巾は決然と立ち去ってゆく。

ともあれ、『聊斎志異』の世界では、時に悲劇に終わる場合はあるにせよ、花の精（植物）も狐の精（動物）も変身を遂げ、彼女たちを愛する人間と共生しようとする。こうして異界と現実世界が交錯し、異類と人間が共生する『聊斎志異』の物語世界は、まぎれもなく現実の官僚社会から排除され、不遇な生涯を送らざるをえなかった、蒲松齢の屈折した思いから紡ぎだされたものだった。彼は思う存分、非現実的な幻想世界に遊び、日ごろの鬱屈を解放したのである。

この点からみれば、こうして異類と人間の共生に主としてスポットを当てる『聊斎志異』の物語世界は、先にとりあげた馮夢龍(ふうぼうりゅう)の白話短篇小説「白娘子(はくじょうし)」の物語世界とは、大いに趣を異にする。『聊斎志異』に登場する異類が、作者蒲松齢自身の怨念と共鳴する存在であるのに対し、馮夢龍は語り物や民間伝承のジャンルで受け継がれた白蛇伝説を踏まえながら、白蛇の変化たる美女「白娘子」が彼女を異類として排除しようとする人間世界に果敢に挑み、ついには「祟(たた)る妖怪」になる過程を描くことに重点を置いた。つまるところ、馮夢龍描くところの白蛇の変化は、社会の底流に蓄積された排除された者の幾重にも積み重なる怨念を、顕在化させた存在だったともいえよう。

それかあらぬか、蒲松齢は『聊斎志異』の自序において、深夜、心血を注いで怪異譚を書きため、ようやくこの「孤憤(孤独な怒り)」の書を完成したと述べ、それは、「月に向かって泣く秋の虫が欄(てすり)によって、自分の身をあたためようとする」ようなものだと、悲痛な口調で記している。これにより、蒲松齢にとって怪異譚への耽溺(たんでき)は、精神のバランスを保って生きてゆくための、一種、死にもの狂いの気晴らしだったことがわかる。

とはいえ、狐のほうがしつこい人間に辟易したり、「黄英」の話で、黄英の弟である菊の精が大酒を飲んだりという具合に、『聊斎志異』に登場する妖怪変化には、どこかユーモラスで、間の抜けた者が多い。なるほど『聊斎志異』は、蒲松齢の心の闇に鬼火のように燃える「孤憤」をバネとして、著されたに相違ない。しかし、その反面、彼は、幻想の世界に出没するバケモノたちとの戯れを、手放しで楽しみもした。『聊斎志異』に描かれる人間もどきの、ユーモラスな妖怪変化群像は、そんな蒲松齢の楽しい戯れの気分をあらわすものである。

　また、さすが科挙受験のベテランらしく、『聊斎志異』には、随処に古典に対する知識が盛り込まれ、その物語世界を豊かに彩っている。たとえば、「黄英」においては、菊の精である姉弟の姓が「陶」だとされるのをはじめ、「菊を采る東籬の下、悠然と南山を見る」（「飲酒二十首」第五首）と歌った東晋の隠遁詩人、陶淵明（三六五―四二七）の故事やイメージがさりげなく織り込まれ、物語世界の奥ゆきを深める仕掛けとなっている。

『聊斎志異』が刊行されたのは、蒲松齢の死後、約五十年が経過した乾隆三十一年（一七六六）のことだった。以後、清末に至るまで、その影響をうけた怪異譚集が続出したものの、その多くは埋没し、『聊斎志異』のみ今に至るまで読み継がれてきた。万年科挙落第生だった蒲松齢の「孤憤」も、少しは解消されたことであろう。

義牛の復讐

「義牛伝」（陳鼎著、張潮編『虞初新志』巻十一）

義牛は、宜興（江蘇省）の桐棺山の農民、呉孝先の家の雌の水牛だった。力があって性質もよく、一日に山の田を二十畝（清代の一畝は約六百十四平方メートル）耕し、飢饉のときでも、田のなかの苗を食べなかった。呉孝先はこれを大切にし、彼の十三歳の息子である希年に放牧させていた。

希年は牛の背中に跨り、牛の行きたいところに行かせた。牛が谷川の岸辺で草を食べていたとき、一頭の虎が希年をひっつかまえようと思い、ふいに牛の背後の林のなかから出て来た。牛はこれを知ると、すぐくるりと身体の向きを変えて、虎の方へ向きなおり、ゆっくり前進しながら草を噛んだ。希年はふるえあがり、牛の背中にうつ伏せになって動くこともできなかった。

虎は牛がやって来るのを見ると、まずうずくまって待ち、近づいたらすぐに牛の背中の少年をひっつかまえようと考えた。牛は虎のすぐ近くまで来たとき、急に突進し、力を込めて虎を角で突いた。虎はちょうど牛の背中の少年に涎を垂らしていたので、角をかわす間もなく、ドスンと狭い谷川のなかで仰向けに倒れ、起きあがることができなかった。川の水が虎の頭を覆いふさぎ、虎は倒れたまま死んだ。希年は牛を駆って帰り、父に報告すると、父は村の人々を集め、虎を担いで帰ると、これを煮た。

その後、呉孝先は隣りの王仏生（おうぶつせい）と水争いになった。仏生は裕福なうえ凶暴で、もともと村の人々の怨みを買っていたので、みな彼に非があるとし、孝先の肩をもった。仏生はますます腹を立て、息子たちを引き連れて孝先を殴り殺した。希年は役所に訴えたが、仏生が県の長官にたっぷり賄賂（わいろ）を贈ったため、長官はあべこべに希年を棒で打ちすえた。希年は棒で打たれて死んだが、彼の無実を申し立てることのできる兄弟もなかった。

孝先の妻は、毎日、牛の前で号泣しながら、牛に告げて言った。

「以前には、幸いおまえのおかげで、息子は虎に食われずにすみました。今はさらにまた父子ともども仇（かたき）に殺されてしまいました！　天地の神さま、誰がわたしのために怨みを晴らしてくれるのでしょうか？」

牛はこれを聞くと激怒し、身体をブルブル震わせて、長く鳴き声を上げると、飛ぶように仏生の家へやって来た。仏生父子三人はちょうど客を招いてドンチャン騒ぎの最中だったが、牛はまっすぐ大広間へ上がり、なんと仏生を角で突くと、仏生は倒れて死んだ。また息子二人も角で突き、二人とも倒れて死んだ。客のなかにはこん棒を持って牛と闘う者もいたが、みなケガをした。隣り近所の者が急いで県の長官に知らせに行ったところ、長官はこの話を聞いて、恐れおののき死んでしまった。
外史氏曰く、「世間の人々の子は愚かで、父の仇を討てない者がどこにでもいる。思いがけず、牛はなんと呉氏のために父子を二代にわたって殺害した仇を討つことができた。ああ、牛もまたなんと勇敢なことか！　県の長官がこの話を聞き、おびえて死んだのも、まことにもっともなことだ！」。

（張潮編『虞初新志』〔河北人民出版社、一九八五年〕、および薛洪勣ら選注『明清文言小説選』〔湖南人民文学出版社、一九八一年〕による）

［解説］忠義な動物たち――『虞初新志』および「義牛伝」について

「義牛伝」を収録する『虞初新志』は、清初の文人張潮（一六五〇―？）が、康熙二十二年（一六八三）に編纂した文言の筆記小説集（随筆集）。全二十巻で、明末清初の筆記小説の佳作を選び収録したものである。筆記小説のテーマは、都市論、実在した人物の小伝、怪異譚、奇談等々、多種多様にわたるが、張潮の『虞初新志』は、抜群の選択眼によって、これらをバランスよく収めており、まことに興趣あふれる。このため、『虞初新志』は人気も評価も高く、これを真似た筆記小説集があいついで刊行されるに至った。

張潮は科挙には合格できなかったものの、当時、著名な文人であり、崇禎十七年（一六四四）、明王朝滅亡後も満州族の清王朝の支配に抗い、明の遺民として生きた文人や学者をはじめとして、交遊関係もたいへん広かった。筆記小説のジャンルに習熟し、編者として手腕を発揮するのみならず、みずから執筆もし、その箴言集『幽夢影』はことに名高い。なお、彼はまた明末清初の筆記小説を網羅的に収集・編纂した膨大な叢書、「檀几叢書」と「昭代叢書」を刊行している。

さて、「義牛伝」である。著者の陳鼎（生没年不詳）はあざなを定九といい、江蘇省江陰県の出身。彼もまた明の遺民文人・遺民学者として生き、全国を旅して、明末の遺臣、奇聞、民間伝説等々を収集して、『留渓別伝』『留渓外伝』『留渓東林伝』などを著した。このうち、明末、清の支配に抵抗した人々をとりあげ称揚した『留渓外伝』は、後に清によって禁書処分にされた。筋金入りの抵抗者だったのである。

ここでとりあげた、義侠心に富んだ牛が、土地のボスや地方役人によって殺された飼い主とその息子のために、敢然と復讐を果たすという「義牛伝」の話には、意表をつく緊迫感と面白さがある。「外史氏曰く」として記されたコメントにも、理不尽な力をふるう者に対する著者のパンチのきいた皮肉と怒りが込められており、著者がただならぬ反骨の持ち主であることがわかる。ちなみに、『虞初新志』には、この「義牛伝」ほか数篇の筆記小説が採録されており、「孝犬伝」という話も収められている。隠遁暮らしをする人物に、とびきり賢い雌の飼い犬がおり、いつも主人が危ない目に遭わないよう守りつづけていた。この犬はやがて五匹の雌犬を生み、子犬はそれぞれ近所にもらわれて行く。しかし、母娘の絆はいつまでも固く、母犬が病気になると娘犬がいっせいにやって来て付き添い、死んだ後は、飼い主が母犬を葬った裏山に、毎朝そろって出かけ鳴き声をあげた、というものである。

ふっと笑いたくなるようなユーモアのある話だが、著者は、「人間でもこれにかなわない者が多い」と、これまた皮肉なコメントを付している。著者の陳鼎は、理不尽な人間はけっして許さないが、心やさしいものには、たとえ他の生き物でも喝采を惜しまないのだ。一見、荒唐無稽な怪異譚や奇談を黙々と著しつづける明末清初の筆記小説作者の硬骨、強靭な反抗精神を、ここにうかがい見ることもできよう。

胡求(こきゅう) 鬼(き)の球(ボール)と為りしこと

「胡求為鬼球」（袁枚(えんばい)著『子不語(しふご)』巻二）

閣学(かくがく)*1の方苞(ほうほう)*2（一六六八—一七四九）に胡求(こきゅう)という下僕がおり、年は三十歳余りだった。方苞のお供をして宮中で宿直したとき、方苞は武英殿(ぶえいでん)で書物を編纂し、胡求は浴徳殿(よくとくでん)で寝ていた。夜中の三鼓（三更。午後十一時—午前一時）、二人の男が胡求を階(きざはし)の下に担いで行った。おりしも、月は真昼のように明るく、二人の男がそろって青黒い顔をし、短い袖に上前の幅が狭い衣服を着ているのが、はっきり見えた。

胡求は怖くなり急いで逃げたが、そのとき東の方から一人の神があらわれた。紅い上衣を着て黒い紗の頭巾をかぶり、背丈は一丈（清代では三・二メートル）余りもある。その神が長靴で胡求を蹴ると、胡求はゴロゴロ転がって西の方に行った。するとまた一人の神があらわれ、東の方の神の風貌や衣装とそっくりだった。この神もまた長靴で胡求を蹴り、胡求はゴロゴロ転がって東の方へ行った。二人の神は胡求を球(ボール)と見なしているようであり、胡求は痛くてがまんできなかった。

五更（午前三時―五時）になり鶏が鳴くと、二人の神はやっと立ち去ったが、胡求は地上でヘトヘトになっていた。明るくなってから、調べてみると、身体じゅう青ぶくれして、ほとんど無傷のところはなく、数か月患ったあげく、ようやく治癒したのだった。

（袁枚著『子不語』上下〔上海古籍出版社、一九八六年〕による）

＊1　明清では内閣学士を指す。内閣はもともと政治の中枢機関だったが、しだいに実権を失い、所属官僚の役割も実質がなくなり、名誉職となってゆく。

＊2　方苞は清代の学者、文人。筆禍事件に連座するなど、不遇な時期を経た後、康熙六十一年（一七二二）、武英殿修書総裁（ぶえいでんしゅうしょそうさい）になったのを皮切りに、清王朝の文化官僚として活躍する。唐・宋の散文を模範とする文章（古文）を称揚した桐城（とうじょう）派の創始者として名高い。なお、桐城（安徽省）は方苞の出身地である。付言すれば、桐城派は清代に盛行したが、自由な発想、自在な創作を旨とする袁枚は、これとは厳然と一線を画していた。

鳳凰山 崩れしこと

「鳳凰山崩」（袁枚著『子不語』巻八）

同年（同じ年に科挙に合格した者）の沈永之が雲南で駅道（公文書伝達用の道路）関係の任務についていたとき、制府（総督）の璋公の命令を受けて、鳳凰山を八十里切り開き、苗族（中国の少数民族）と行き来する道路を造った。

山道はけわしく、漢・唐以来、人跡未踏の地だった。樹木を一本切るたびに、白い気体が根もとから出て来て、一匹の絹のように天にのぼって行った。また、車輪ほどの大きさのガマガエルがおり、人を見るたびに目を見張って睨み、これに出くわした者は、たちまち地面に倒れてしまう。土地の者はコーリャン酒で酔っぱらい、雄黄（鶏冠石）を鼻につめて、巨大な斧でこのガマを斬り殺し、煮て食べると、三日間、何も食べていなくとも、腹いっぱいになった。

ある日、艶やかな装いの美女が、山の洞窟から走り出て来たので、人夫数千人がドッと洞窟から出て追いかけ、見物したが、老成した者は心を動かさず、あいかわらず作業していた。すると、にわかに山が崩れ、洞窟から出なかった者はみな押しつぶされて死んでしまった。

沈公（沈永之）はその話をしながら、冗談を言った。
「人が色（美女）を好まないわけにはいかないというのは、こんなこともあるからだね」

（袁枚著『子不語』上下〔上海古籍出版社、一九八六年〕による）

［解説］快楽主義者の楽しみ――『子不語』について

清代中期の大文人袁枚（一七一六―九七）は自由自在、贅沢な生涯を送った人である。彼は乾隆四年（一七三九）、二十四歳の若さで科挙に合格し進士となった。しかし、早くにエリート官僚のコースから脱落し、二十七歳のときに地方官として江南へ赴任した後、三十歳のときに江寧県（江蘇省南京市）の長官となり、足かけ四年にわたって在任した。在任中の乾隆十三年（一七四八）三十三歳のときに、江寧県の西郊にあったかつての名園を手に入れたのを契機に、もともと頗る付きの快楽主義者袁枚は、性にあわない宮仕えと縁を切った。彼が手に入れたとき、名園はすでに廃園と化していたが、彼はこれを「随園」と名づけ、以後、八十二歳でこの世を去るまで、大枚を投じて手を加えつづけ、華麗な大庭園に仕立てあげた。

袁枚は若いころから詩人・文人として名声が高く、大枚払って彼に詩文を書いてもらおうと依頼する者が多く、その人気と名声は時の経過とともに上昇する一方だった。このため、袁枚は官界から引退しても、まったく痛痒を感じることなく、自前の売文生活によって得た莫大な収入によって、庭園趣味を心ゆくまで追求するなど、自在な生きかたをつづけることができた。こうした袁枚の生活形態は、従来の中国社会を覆う官僚至上主義的風潮に、身をもって異議を唱える前代未聞のものであった。

袁枚はこうして自在に生きながら、あるいは自発的にあるいは依頼に応じて、おびただしい詩文を作りだし、その詩文集『小倉山房集』には約四千五百首の詩、約四百五十篇の散文が、収められている。このほか、詩論や詩人論を集めた『随園詩話』、料理メモの『随園食単』、怪異譚集『子不語』『続子不語』等々、多彩なジャンルの著述をあらわしており、その旺盛な好奇心とエネルギッシュな創作欲には、驚嘆するほかない。

このうち、『子不語』は全二十四巻、つごう七百五十篇になんなんとする怪異譚を収める。テーマは幽霊譚、妖怪譚をはじめ、文字どおり多種多様である。なお、『子不語』というタイトルは、『論語』述而第七の「子は怪・力・乱・神を語らず〔先生は怪〔怪異〕、力〔超人的な力〕、乱〔混乱、無秩序〕、神〔鬼神〕について語られなかった〕」という言葉をふまえ、これを逆用して、孔子が口にしなかった不可知なことばかり記した、という意味をもつ。なんとも大した開き直りようである。

袁枚は若いころから怪異譚が好きで、人から聞いた話などをおりにつけ記録していたようだが、じっさいに整理のうえ刊行されたのは、乾隆五十三年（一七八八）、七十三歳のときだった。蒲松齢の『聊斎志異』の刊行〔乾隆三十一年＝一七六六〕に遅れること二十二年である。先行する『聊斎志異』と『子不語』とを比べてみると、明らかに著者の姿勢に大きな差がある。『聊斎志異』には、著者蒲松齢の「孤憤（こふん）」が根底にあるのに対し、『子不語』はあくまでも袁枚の「消遣（シャオチエン）（気晴らし）」であり、怪異譚を楽しむ気分が主流を為すのである。

ここでとりあげた二篇のうち、「胡求　鬼の球（ボール）と為りしこと」は、鬼神のボールにされてしまった男の話だが、奇想天外、前例を見ない面白さにあふれる。また、もう一篇の「鳳凰山　崩れしこと」は、神秘的な山の開鑿（かいさく）工事の最中、突然、山の精とおぼしき美女が洞窟から走り出て来たさいの、男たちの二様の反応を描き、ついで起こった山崩れに巻き込まれずにすんだのは、山中から物見高く美女見物に出た者のほうだったとする。この皮肉な結末に対する語り手（沈永之）のコメントは、袁枚の快楽主義を代弁したものであり、まことに面白い。

ちなみに、袁枚のエピソードを記した蔣敬復（しょうけいふく）著『随園軼事（いつじ）』に、袁枚が「好色（美しいものを好むこと）はふつうの人間にとって当然のことであり、美しい宝玉や芳香がわからないのは禽獣です」という意味のことを述べたと記されている。快楽主義者の面目躍如の発言である。

不思議な恋人たち

（紀昀（きいん）著『閲微草堂筆記（えつびそうどうひっき）』巻十、第二部『如是我聞（にょぜがもん）』巻四）

以下は、任子田（じんしでん）から聞いた話である。

彼の故郷のある人が夜、道を歩いていると、月明かりのもと、墓地の道に植えられた松柏（しょうはく）の樹の間に、二人の者が肩を並べて座っているのが、目に入った。一人は男で、年の頃は十六、七、惚れ惚れするほどみめ麗（うるわ）しい美少年である。もう一人は女で、白髪が首まで垂れ、背中が曲がって杖を持ち、七、八十歳を超えているように見えた。二人は肩を寄せ合って談笑し、たがいに相手をとても好ましく思っているようだった。その人は、「なんとみだらな婆さんだろう。若い者とジャラジャラするなんて！」と、ひそかに訝（いぶか）しみながら、だんだん近づいて行くと、二人の姿はゆっくりとおぼろになり、消え失せた。

翌日、どこの家の墓かと人にたずね、はじめてその家の某（ぼう）が若くして亡くなり、彼の妻が五十年以上、寡婦暮らしをつづけて、亡くなると、ここにいっしょに埋葬されたということが、わかった。『詩経』（王風（おうふう）「大車（だいしゃ）」）にも、

殼則異室　殼きては則ち室を異にするも
死則同穴　死しては則ち穴を同じくす
　生きている間は別の部屋にいても、死んでからは同じお墓に入りましょう。

とあるが、これこそ人間の情愛の極である。『礼記』にも、「殷人の祔するや之れを離す。周人の祔するや之れを合わす（殷の人が夫婦を合葬するときは二つの棺を離して置くが、周の人が合葬するときは二つの棺をくっつけて置く）」[*1]とある。すばらしいことだ！　聖人[*2]はこの世とあの世の両方の礼法に通暁していたから、人間（この世の者）の情愛によって鬼神（あの世の者）の情愛を理解できたのだ。人間の情愛から遠ざかっていながら、礼法の意味などわかるはずがない。[*3]

（紀昀著『閲微草堂筆記注訳』〔全五巻。中国華僑出版社、一九九四年〕による）

＊1　『礼記』（檀弓・下）による。孔子（前五五一―前四七九）の言葉であるが、原文では「殷」が「衛」に、「周」が「魯」になっている。

＊2　周王朝（西周は前一一〇〇―前七七一、東周は前七七〇―前二五六）の文化の基礎を築いた周公旦、さらには孔子を指す。孔子は春秋時代後半の魯の人だが、周王朝を高く評価し、周公旦を深く敬愛していた。

＊3　儒家思想・儒教の祖孔子が人間の情愛を深く理解していたのに対し、後世の道学者的な儒者はそうでないとしたもの。宋代以降の朱子学があまりに倫理主義的で、人の情愛をないがしろにしているという、痛烈な批判である。

人形の怪

（紀昀著『閲微草堂筆記』巻十四、第三部『槐西雑志』巻四）

およそ人間の姿かたちにあまりにも似せて作ったモノは、歳月を経ると、幻化の力をもつようになることが多い。以下は、族兄（同族の同世代のなかで自分より年上の者を指す）中涵から聞いた話である。

中涵が旌徳県（江蘇省）の地方官だったとき、同僚の役人の一人が芝居好きで、職人に娘の人形を作らせた。その娘人形は、背丈は人間と同じほど、身体全体の形から隠れた微妙な部分まで、何もかも人間そっくりだった。手足、目、舌にもすべてカラクリ仕掛けが施され、曲げたり伸ばしたり動かすことができた。また、上衣、裙、簪、珥は、季節に合わせて替えることができた。かかった費用は百金、ほとんど偃師（周代の人形作りの名人）そこのけの腕前であった。同僚の役人は、書斎の机の側に立たせたり、寝台や腰掛けに座らせたりして、楽しんでいた。

ある夜、下僕が書斎でカタカタ音がするのを聞き、すでに書斎は戸に鍵をかけ閉まっている時刻だったので、障子の紙に穴をあけのぞいて見た。すると、窓から射し込む月光のもと、なんと人形が行ったり来たりしながら歩いているではないか。下僕は急いで主人に知らせ、主人が自分でのぞいて見ると、ほんとうにそのとおりだった。そこで、この人形を燃やしたところ、痛がってしくしく泣き声をあげたのであった。

また、次にあげるのは、亡き祖母から聞いた話である。

舅祖（きゅうそ）（祖母の兄弟）の張蝶荘（ちょうちょうそう）公の家に、いくつか空き部屋があり、雑多な物がしまってあった。すると、女中や婆やたちがある夜、中庭に娘があらわれるのを見かけた。容貌は美しいのに、顎（あご）の下に戟（ほこ）のような長いヒゲが生え、両頰にもハリネズミのような毛がはねだしており、四、五人の子供を連れて遊び戯れている。子供は足がわるかったり目がわるかったり、顔や頭が破損していたり、耳や鼻がなかったり、という具合で、人がやって来ると、たちまち隠れてしまう。何の妖怪かわからないが、人に危害を加えることはなく、外に出ることもなかった。

女中や婆やの目が眩（くら）んだのだろうと言う者や、口から出まかせだろうと言う者もいたが、誰もがそんなに気にしなかった。

その後、この空き部屋を調べたところ、壊れた虎丘（こきゅう）（江蘇省）名物の泥人形が床一面に散らばっており、その姿かたちは女中や婆やが見たとおりだった。娘のヒゲは、家の子供たちがふざけて、墨で描いたものであった。

（紀昀著『閲微草堂筆記注訳』〔全五巻。中国華僑出版社、一九九四年〕による）

［解説］怪異譚のみ残した大学者――『閲微草堂筆記』について

紀昀（一七二四―一八〇五）は、袁枚より八歳年下だが、ほぼ同時代人といえる。彼は、清の第六代皇帝の乾隆帝（一七三五―九六在位）に、その博学多識を高く評価され、「四庫全書」編纂の総責任者に任命された、大文化官僚である。「四庫全書」は、古今の書物を収集・選別して編纂された、七万八千巻にのぼる大叢書であり、乾隆三十七年（一七七二）から同四十六年（一七八一）まで、十年の歳月をかけて完成された。

この国家的大事業において、主導的役割を果たした紀昀もまた、実は無類の怪異譚好きであった。彼は、「四庫全書」編纂の大仕事がほぼ完了したころから、全五部（全五冊）によって成る大怪異譚集『閲微草堂筆記』の執筆・刊行に着手した。そのうちわけは、第一部『灤陽消夏録』六巻（一七八九年刊）、第二部『如是我聞』四巻（一七九一年刊）、第三部『槐西雑志』四巻（一七九二年刊）、第四部『姑妄聴之』四巻（一七九三年刊）、第五部『灤陽続録』六巻（一七九八年刊）である。

ごく短い話が多いが、『閲微草堂筆記』全五部に収録された怪異譚は全二十四巻、つごう一千二百篇になんなんとする。袁枚の『子不語』の収録総数はほぼ七百五十篇だが、これに『続子不語』に収録された怪異譚約二百八十篇を加えれば、これまた一千三十篇近くになり、『閲微草堂筆記』にひけをとらない。紀昀と袁枚の怪異譚熱はまったく互角であり、両者の収集熱、創作欲はタフとしかいいようがない。

ちなみに、紀昀の『閲微草堂筆記』収録作品には、なべてタイトルは付けられておらず、番号もなく、次々に怪異譚が提示されてゆくだけである。このおびただしい怪異譚のうち、紀昀は、他人の話によったものは、必ず語り手の氏名を明記するなど、あくまで不思議な事実を記録するというポーズをとっている。しかし、この生真面目なポーズとはうらはらに、実際には、ここでとりあげた「人形の怪」のように、とても事実とは思えない、奇妙奇天烈な話も多く、興に乗って悪戯(いたずら)っ気たっぷりに筆を走らせ、紀昀自身が大いに面白がっているケースも多々あると思われる。

ちなみに、ここでとりあげた「不思議な恋人たち」の末尾に付された、そのコメントからも見てとれるように、紀昀はくそまじめな道学者が大嫌いであり、その点では袁枚と共通する。しかし、かたや大文化官僚、かたや在野の大文人と、その生きかたを異にする彼らの間には、おそらく相互に違和感があったのか、交遊はなかったらしい。

また、袁枚は怪異譚のほか、多様な分野でおびただしい作品を著したが、紀昀は博学多識の学者でありながら、この『閲微草堂筆記』のほか、ほとんど著述を残していない。怪異譚集しか残さない大学者など、そうめったにいるものではない。なんともとぼけた面白い人物だというほかない。

欲望の悪夢

「反黄粱」（管世灝著『影談』巻一）

尚書（中央最高官庁である尚書省の長官）の某公は江南出身だが、父の功績のおかげで官吏になり、高位を歴任して刑罰をつかさどる官職につき、また異民族を征伐した手柄によって公爵に封じられた。息子五人はみな要職についていた。

五十歳のとき、長孫が科挙の進士科に合格した。合格発表の日がたまたま某の誕生日だったため、誕生日のお祝いに来た友人や属官はこぞって状元（首席合格者）だと前祝いを述べた。ほどなく第三番めの成績で合格との朗報がとどき、一同は躍りあがって喜んだ。しかし、某だけは首席合格でないために鬱々とし、家族にお客の接待をさせて、一人で庭園のなかをぶらぶら歩きまわっていた。するとふいに一人の道士が庭の扉を叩いて、庭内に入ってきた。当時、某はちょうど長生術に興味をもっていたので、その道士の姿かたちが並みはずれていると見るや、書斎に招じ入れ、導引術（道家の養生法）について語りあった。

ちょうど昼時になったため、某は昼食の用意をさせようとした。道士は「この世の外に生きる者は、俗世の料理を口にしません。飢えを癒（いや）す道具はもっておりますから、厨房（ちゅうぼう）にお手間をかけ、ごちそうを作っていただくにはおよびません」と断った。かくて、袋から鍋を取りだして、一升ばかりの黄粱（こうりょう）を入れ、松葉を拾い集めて炊きながら、「今日はいろいろ話をされてお疲れでしょう。英気を養ってください」と言い、陶器の枕を長椅子に置いた。そこで某は仮眠をとることにした。

某が目をつむろうとしたとき、少年の道士が外から入ってきて、かの道士に二言三言、耳打ちをした。道士は黄粱炊きを中断して立ちあがり、某に向かって言った。

「今さっき広成子（こうせいし）（古代の仙人）から崆峒（こうどう）山に遊びに来るよう誘いがありました。あなたもいっしょに行かれませんか？」

某はただちに道士について出発した。ふいに足元から雲が湧きおこったような気がしたかと思うと、あっというまに山に到着した。仙芝（せんし）が露を含み、玉樹（ぎょくじゅ）が芳香を漂わせているようだ。某はすでに仙界に入ったと喜び、しきりに景色を愛（め）で眺めた。

うねうねと歩いて山の頂上に到着したとき、道士が一つの井戸を指さして言った。

「ここが広成子の昇天したところです」

某がうつむいてのぞいたところ、測り知れないほどの深さだった。じっとみつめていたとき、道士にポンと押され井戸に落ちてしまったが、幸い両側の間がきわめて狭かったため、急いで手をあげて突っ張り身体をしっかり支えた。どこもかしこも真っ暗で、なまぐさい匂いが毛穴に沁（し）

み入り、目がくらみ気が遠くなったところで、ふいに地面に転がり落ちた。

すると、「男だ！　男だ！」という声が聞こえたので、あわてて目をあげて見ると、すでに小さな家のなかにおり、煌々と灯りがついている。一人の女性が長椅子に横たわり、また白髪の老婆が行ったり来たりしながら、ひっきりなしにぺちゃくちゃしゃべって、たいへん忙しそうなようすだった。

某は非常に怪訝に思い、自分の身体を見まわすと、背丈はやっと一尺くらい、裸で床に寝ているではないか。〔自分の魂が〕他人の身体に乗り移ったのだと悟り、大声で「私は某尚書だ。インチキ道士にたぶらかされ、まちがっておまえたちの家に来てしまった」と叫び、力を尽くして呼びたてたけれども、誰にも聞こえないようだった。まもなく老婆が某を綿にくるみ、女性にわたして言った。

「泣きやまないのは、たぶん今すぐお乳を飲みたいのだろうよ」

某は何も食べず還魂（魂を呼びもどすこと）したいと切に願ったが、やがて空腹に耐えられず、ちょっと飲んだところ、たちまち気分爽快となり、だんだんやめられなくなった。

数日もたたないうちに、米をかついで帰宅した者がおり、それが父親だった。老婆が喜んで言うには、

「おまえの嫁が息子を産んだよ！」

その男は抱きあげ笑いながら言った。

「顔つきはわしに似ているが、将来どうか雇われ職人になどなるなよ！」
某はそれではじめて雇われ職人の息子になったことを知り、ますます恥ずかしさと怒りで死のうと思ったが、こうなってからすでに数日がたっており、たとえ死んで魂を呼びもどそうとしても、自分の肉体はすでに壊れ失われているため、むりにがまんした。

その後、父は李という姓で、陝西の身分低い者であり、母は李と再婚した女性であることがわかった。また人が年月を数えているのを聞き、こっそり暦を見たところ、前世とすでに十余年も隔たっており、ようやく心もだんだん落ち着いてきた。ただ残念なことにうまくしゃべることができず、人に事情を告げることができなかった。あとになって、父に話したけれども、尚書がどんな官職か知らないばかりか、江南がどの地域なのかも知らないありさまだった。某はますます怒りあせり、ひたすら学問に励んで、科挙に及第することができれば、人にたずねて手がかりが得られるかもしれないと考えた。父の李は彼を村塾に入学させた。ちなみに某の名は李雲である。

某は前世では父の功績のおかげで官職についたため、もともと学問がなく、二十歳を過ぎても童試（科挙における第一段階の地方試験）に合格できなかった。その後、両親が死ぬと、ますます貧しくなり、子供に勉強を教えて糊口をしのぎ、隣り村の安楽村の朱氏のもとで塾を開いた。朱氏はもともと農家だが、桂娘という美しい娘がおり、結婚後、夫と死別していたため、朱氏は彼女と某を結婚させた。某は家もなかったので、朱家に婿入りしたのだった。

そのころ、村に張という者がおり、あだなを両翼虎といったが、父が巡検（捕盗巡検。一県一州もしくは数県数州を管轄し、盗賊の逮捕をつかさどる者）だったため、その権勢を笠に着て、やりたい放題だった。その張が朱氏の娘が美貌だと知るや、買い取って側室にしたいと思い、人をやって朱氏にそれとなく持ちかけさせた。朱氏がこの話を某にしたところ、某は激怒して張を殴ろうとした。朱氏はためいきをつきながら言った。

「張公子の勢いには当たるべからざるものがあり、命令に背いてはならない。きみがもし逆鱗に触れたなら、禍に遭うだろう」

かくして朱氏は心配と怒りが高じて病気になってしまった。やがて重態になったとき、某と娘を呼び寄せ、自分の死後の事をいろいろ申しつけようとした。

しかし、朱氏が語りはじめたとたん、門の外で大きなわめき声がしたかと思うと、張が大勢の手下を引き連れ、門を開けて突入し、娘をさらって行こうとした。某は力をふるって彼女を奪い返そうとし、朱氏もまた病にもかかわらず、がんばって起き上がり助けようとしたが、張にぐいと押し倒され息絶えてしまった。某は憤懣やるかたなく、刃をふるってつづけさまに数人を切り殺した。

張は役人に訴え、某はつよく抗弁したけれども、数十回もビンタを食らい、首枷、手枷、足枷をはめられたため、ついに無実であるのに罪を犯したと自白して、投獄され、獄吏に痛めつけられた。某は前世で罪人の取り調べにあたる官吏だったとき、厳格な刑罰や拷問を用い、足枷、鞭、刀、鋸を意のままに罪人に加えたことを思いだし、それを今一つ一つわが身に受ける羽目になったので、早く死んだほうがましだと思った。その後、減刑されて監禁処分となり、二十年近くが経過した。

たまたま大赦があり、罪一等を減じられて、江南に流刑となった。某はひそかに喜び、釈放された後、ただちに自分の家をたずねた。遠くから見ると、門前に車馬がひしめき、家の構えは昔のままだった。某はますます喜び、急いでなかに入ってたずねたところ、すでに某侍郎の屋敷になっていた。隣近所に聞くと、昔のことを知る者は少なく、ただ一人の老人が言った。

「あなたがおたずねになっているのは、昔、尚書だった方ですか？」

「そうです」と某が答えると、老人は言った。

「子孫の方は今、城外の栄華郷に住んでおられます。門の外に道路標識がある家がそうです」

某はさっそく城外に出てたずねて行くと、幅数間のボロ家があり、よぼよぼの老婆が一人、門に寄りかかって糸を紡いでいた。聞けば、なんと某の孫の嫁だった。まもなく肥料を担いでやって来た者がおり、これが曾孫の世代の者であった。また背に草刈りの道具を担ぎ、列を組んで帰って来た者たちは、玄孫の世代の者だった。

某は思わずハラハラと涙を流し、老婆に向かって言った。

「私こそおまえたちの家の尚書だ。余命を保ったので、わざわざ訪ねて来たのだ」

「うちの尚書さまが亡くなってからもう六十年以上たちます。あなたはおいくつですか？」と老婆はたずね、某が「もう五十だ」と言うと、老婆は涙を拭きながら言った。

「尚書さまが五十になられた誕生日に、長孫が状元になれなかったことを悔しがられ、庭で悶え死にされたことを、わたしはまだ覚えております。なんと子孫はこんなにまで落ちぶれてしまいました！」

某が田園や屋敷はどうなったのかと聞くと、老婆は答えた。

「お屋敷は人手にわたり、別荘にはほかの人が住み、田畑は人に売り、荘園も人の物になってしまいました」

某はまた、「紅玉の獅子はまだあるか？」と聞いた。某はかつて異民族を征伐したとき、紅玉の獅子を手に入れ、とても大切にしていたのだ。老婆は言った。

「尚書さまが大切にしておられた物なので、いっしょにお墓に入れました」

墓はどこにあるかと聞くと、「この西にある大樹のもとです」とのこと。

某はさっそく墓前に行ったが、ただ枯草が生い茂り、白楊（柳の一種）がさびしくそびえ、キツネが叫びカラスが鳴きさわぐばかりで、見わたすかぎり荒れはてていた。某はこみあげる悲しみに耐えられず、こらえきれずに大声で慟哭し地面に倒れた。ようやく起きあがったときには、何もかも忘れており、身につけた衣類や履物は一品官（最高の等級にランクづけられる高級官僚）のものだが、ただ荒野に身を置いているだけで、帰り道もわからなかった。

驚きいぶかしんでいると、はるか彼方から軍人が一人、数輌の車を輸送しながら、馬に鞭うってやって来た。軍人は某を見ると、パッと鞍から飛びおりて、地面に頭をつけ某にお辞儀をした。

某が「何者だ？」と聞くと、軍人は言った。

「私は鄭雲鵬でございます。以前、異民族征伐にお供をしましたとき、殿のおかげで守備（官名）に抜擢された者です」

さらに、「どこから来たのか？」と聞くと、答えて言った。

「浙江巡撫（浙江省の行政・軍事長官）の命令をうけ、殿が五十歳になられたお祝いをお届けにまいりました」

某は数十年前を思いおこし、それがはっきりと目の前にあることに、いっそう疑惑を深めた。そこで軍人に巡撫からの手紙を取りださせ、よくよく見ると、年月はもとのままであり、太陽を仰ぎ見ると、なおも真上にあった（正午を示す）。某はますますわけがわからず、またもたずねた。

「この地は何県に属しているのか？」

「この前がまさしく彰義門です」と軍人。

某はさっそく彼の馬を借り、急いで城内に入り、野菜市場にさしかかったとき、大勢の人が群がっていたため、死刑の執行にちがいないと思った。

馬を止めて眺めやると、十人以上の男女が後ろ手に縛られて通過するのが目に入ったが、なんと自分の妻子であった。某は胸も張り裂けんばかりとなり、傍にいた者にこっそり事情を聞いたところ、その者は言った。

「某尚書は長孫が状元になれず、朝廷を怨み誹謗したために、一族そろって市場で死刑にされる

のです。ただ主犯の尚書だけが逃亡し、まだつかまっていません。逮捕されれば、後でともども
さらし首にされるでしょう」
ふいに誰かが後ろから呼ばわった。
「こいつが主犯ではないか？」
某はパッと鞍から跳びおり、つまずいて倒れ、はたとわれにかえった。
目を開けてそっと見ると、道士はあいかわらず柱にもたれて黄粱飯を炊いており、笑いながら
言った。
「しばらくウトウトしておられましたが、天国に行けましたか？」
某はびっしょり冷や汗をかき、声を出すこともできなかったが、しばらくして長椅子から下り
て道士に言った。
「私はもう俗世のことは知り尽くしました。どうか弟子にしてください」
道士は笑いながら言った。
「あなたは当代の大物です。どうしてそんなことを言われるのですか？　さきほどあなたが不満
そうだったので、私の枕をお貸しし、いささか望蜀（ぼうしょく）（一つの望みを達してさらにもう一つと欲ばる
こと。「隴（ろう）を得て蜀を望む」ともいう）の心を懲（こ）らしめたまでです。もうおわかりならば、富貴が
いつまでもつづかないことを気に病むまでもないでしょう」
言いおわると道士は道具をしまって立ち去った。

某はこれ以後、春の薄氷を渡り虎の尾を踏むように、慎重に身を処したために、当時の人々はその慎み深さを慕い、皇帝から三度も褒美を賜ったが、うやうやしく身を慎んだ。

（程毅中ほか編『古體小説鈔　清代巻』〔中華書局、二〇〇一年〕、および『筆記小説大観』〔正編〕による）

「欲望の悪夢」について

「欲望の悪夢」（原題「反黄粱」）の著者、管世灝は清代中期の人。海昌（浙江省海寧県）の出身だが、生没年不詳。非妥協的な性格のため不遇に終始し、嘉慶六年（一八〇一）に、故郷で怪異譚集『影談』（四巻）を著した。「反黄粱」はこれに収録されたもの。

この作品の特色は、先に本書においてとりあげた唐代伝奇の「枕中記」を踏まえつつ、その発想を逆転させたところにある。「枕中記」は、貧乏書生の盧生が道士から借りた枕の世界に入り込み、数十年にわたって栄枯盛衰を味わい尽くす。しかし、はたと目が覚めれば、現実では彼が眠る前に、宿屋の主人が蒸していた黄粱飯もまだできあがっていない。この不思議な体験によって世の無常と欲望の空しさを痛感するという、展開になっている。

これに対し、「欲望の悪夢」は、高級官僚の某が、長孫が科挙に首席で合格できなかったという贅沢な悩みで鬱々としていたとき、突如、出現した道士にフラフラとついて行って、異界に入り込み、困窮家庭の赤ん坊として転生し、さんざん浮世の辛酸を嘗め尽くす羽目になる。そのあげく、故郷にもどったところ、高級官僚だった自分が消え失せてから、すでに数十年の歳月が経過しており、子孫は没落し家屋敷も人手に渡っている始末。

悲観の極に達していると、追い討ちをかけて、もう一度、高級官僚の時点に逆戻りすることになり、長孫が科挙に首席合格できず、自分が朝廷を怨み誹謗したために、一族そろって死刑にされるという状況に陥っていることを知る。そこで某ははたと夢から覚めるが、彼が眠り込む前に、道士が炊きはじめた黄粱飯はまだ炊きあがっていない。こうして夢のなかで、苦しいどん底暮らしを経験し、何度も恐怖を味わった某は、欲望を無限に膨張させることの愚かしさを痛感するに至る。

この「欲望の悪夢」は、貧乏書生が夢のなかで転変を繰り返しつつ栄耀栄華に包まれた生涯を送ったあげく、世の無常を悟るのとは逆に、名声と富に恵まれながら、さらに欲望を膨らませた者が、夢のなかで貧窮と恐怖を味わい尽くした結果、これまた世の無常を悟るに至る、というふうに展開される。まさに、「枕中記」の「黄粱の夢」を逆転させた「反黄粱の夢」の世界である。ここに、不遇な生涯を送った作者管世灝の、驕れる者に対する強烈な皮肉が込められているといえよう。

少女軽業師の恋

「秦二官」（宣鼎著『夜雨秋灯続録』巻三）

　康叔（河南省）の里に、秦生という若者がいた。排行（兄弟の順番）が二番めだったため、二官と呼ばれていた。田舎者だが、農夫めいたところはなく、すっきりしたスタイル、あかぬけした美貌の持ち主だった。白い袷の服が好きだったので、村の浮気な女たちから、秦白鳳とも呼ばれた。しかし、二官はとても臆病な性格で、むやみに女を追いかけることもできず、十六歳になってもまだ独身だった。二官自身は、「学問をやめてしまった以上、商売を習ったほうがいい。鋤や鍬を握り、牛を飼う生活など、どうしてもイヤだ」と思っていた。

　二官の家の東隣りに住む寇四娘は、角觝戯（曲芸）の名手であり、頭を布で包んで街に出かけ、多くの名士の家に出入りしていた。その夫も旗を吐いたり剣を飲んだり、薬を売ったり拳法を見せたりして、その稼ぎが収穫の利益の倍にもなったので、ついにプロの曲芸師になった。

　この夫婦には阿良という娘がいたが、十四、五歳でもう上手に眉をかき、髪を結い、さっぱりと小意気で、白粉のつけ方や簪のさし方も村娘とは段ちがいだった。おりにつけ、母のお供をして街の広場に座り、母の曲芸がすむと、白い扇を持って、観客から見料を求めた。その流し目の色っぽさに、見る者は心をときめかせ、道楽者や金持ちの御曹司は雨あられと金銭を投げ与えた。母は彼女にこっそり「練気軽身法」を伝授し、綱渡り、紐まわし、瓮うけ、梯子のぼり、皿まわしなどの軽業を教えた。阿良は生まれつき賢かったので、一か月余りで、すべての奥義をマスターした。その軽やかな身のこなしは、花の間を突きぬけるツバメのようであり、掌の上で舞うことなど朝飯前だった。

かつて都に出向き、河原に幔幕を張りめぐらして、鉦や太鼓を打ち鳴らし、胡琴や阮咸琵琶など、いろいろな楽器を演奏した。つめかけた観客が争って、早く歌ってくれと叫ぶと、阿良は恥じらいながら歌いだした。

隴有青苗防歳歉　　隴に青苗有れば　歳歉を防ぎ
嚢有黄金防盗劫　　嚢に黄金有れば　盗劫を防ぐ
不及花間雌蛺蝶　　及ばず　花間の雌の蛺蝶の
到処飛来到処歇　　到る処に飛び来たり　到る処に歇むに
飛栩栩　　飛ぶこと栩栩
還翩翩　　還た翩翩
歇上枝頭香可憐　　枝頭に歇上めば　香は憐む可し

情人莫唱古離別
太息韓憑欲化煙

情人よ　古離別を唱い
韓憑の煙と化さんと欲するを　太息すること莫かれ

畑に青い麦があれば、凶作が心配、袋に黄金があれば、泥棒が心配。花園に舞う雌の鳳蝶の、あっちに飛びこっちに羽を休める楽しさにはかなわない。スイスイと飛び、ヒラヒラと舞い、枝にとまれば　可憐な花の香り。恋人よ　別れの歌を歌い、韓憑（国王に妻を奪われ自殺した人物）の悲運に　嘆息するなかれ。


観客はヤンヤと喝采し、この娘は稀に見る美声の持ち主で、とびきりの値打ち物だと感心するのだった。こうして大きな袋がご祝儀でいっぱいになると、曲芸団一同うちそろって、村へ帰って来た。

そんなある日、たまたま畑のほとりを歩いていた阿良は、容姿端麗、まるで玉山の仙人のような二官の姿を見かけ、まばたきもせず、じっとみつめた。二官の方は赤くなってうつむいてしまった。

「三年ほどお目にかからないうちに、あなた、ずいぶんりっぱになられたのね」

はずかしさをこらえて、二官は答えた。

「良ちゃんはいつお帰りになられたのですか？　このごろ一段ときれいになって、バサバサのおかっぱ頭で、いっしょに鞠あそびをしたり、ブランコに乗ったりしたころとは、違う人みたいですね」

それからというものは、おたがいに相手のことを思い、夢中になって恋心をつのらせた。

ある日、二官が新品の衣装に着替え、木にもたれて田んぼの水を眺めていると、阿良が後ろから細い指で、すっと腕を引っ掻いた。二官はふりむいてニコッと笑い、その容貌はいっそうあでやかになった。阿良は笑って言った。

「二官さんたら、きれいな女の子に負けないくらいかわいいわ。うちの曲芸団に入って女装し、薄化粧したら、駆け出しの役者なんかとてもかなわないわ」

懐から刺繡したハンカチを取りだし、乾したサクランボとナツメを包んで、二官の鼻先に近づけ、笑って言った。

「汗の匂いがするかしら?」

包みを袖に入れながら、二官の肘(ひじ)をさすって、巧みに思いを伝えた。二官は笑って、されるがままになりつつ、声を低めて言った。

「良ちゃんの気持ちはよくわかっているけど、ちょっと控えてね。ご両親に見られて折檻(せっかん)されたりすると、たいへんだから」

阿良は鼻でフンと笑った。

「朴念仁(ぼくねんじん)じゃあるまいし、仲よくしたからって、どうして人の噂を気にしたりするの? 私は都でもあなたみたいないい男を見たことがないわ。もしそんな人がいたら、とっくに身をまかせていたでしょうよ。曲芸団の娘で、ずっと操（みさお）を守れる者なんているもんですか」

二官はこの言葉を聞くと、また胸がドキドキするのだった。まもなく通りかかった近所の子供がひやかしたので、二人は別れて立ち去った。

夜になり、二官が枕にもたれて物思いにふけっていると、灯心が短くなり消えてしまった。ふいに簷（のき）の端（は）から物が落ちる音がし、窓の外でパッと光がきらめいたかと思うと、細い指でトントンと窓を叩く音がした。ハッとすると、なまめかしい女の声が呼びかけた。

「秦二官さん、もうおやすみになったの？」

阿良だと悟り、上着を引っかけ戸を開けたとたん、彼女はサッと部屋に入って来た。白い紗（さ）を張った行灯（あんどん）をさげ、碧（みどり）のうす絹の短い上着を身につけて、弓鞋（ゆみぐつ）（纏足（てんそく）用のクツ）に幅のせまい袖、息をのむほどのあだっぽさだ。

「うまく来れたね」

「父と母が眠らずに寝台に座って、いつまでもぐずぐず世間話をしているから、あなたが待ちくたびれていらっしゃるかと、気が気でなかったわ。いま屋根をつたって来たんだけど、鞋（くつ）の音がしなかったかしら？」

二官は大喜びして阿良を胸に抱きしめた。

「きみの神秘的な術ときたら、聶隠娘（じょういんじょう）（唐代奇伝小説のヒロイン。幻術の使い手）みたいだね」

「大したものじゃないのよ。びっくりすることないわ。でもあなたって、ほんとうに運のいい人ね。一銭も使わずに、私のほうから飛びこんで来たんですもの。以前、都でお金持ちの坊ちゃんが何人も夢中になってくれたけど、けっきょく、あなたにはかなわないわ」

と、言ったかと思うと、もう寝台にのぼって思いきり甘えかかり、一晩中、狂態の限りを尽くした。鶏の鳴き声を聞くと、慌てて服を身に着けて帰って行ったが、そこは隣りのこと、なんの造作もなかった。それから頻繁に行き来し、まもなく半年になろうとした。

そのころ、村の牧童が夜中に起きだし牛に餌をやっていて、二官の家に煌々と灯りがともっているのに気づいた。こっそり窓からのぞいて見ると、男と女がじゃれ合いながら酒を飲み、箸で調子をとって恋歌を歌っている。その乱れようときたら、とてもお話にならないほど。牧童が仲間に言いふらしたため、二人の仲はついに世間に知れるようになった。

噂が広まり、母親の四娘の耳にも入ったが、四娘はそれとなく娘に注意しただけで、叱ったり怒ったりはしなかった。ある夜、父親が娘のいないことに気づき、大声で呼んだところ、阿良はハヤブサのように簷の端から跳び降りた。父親は二官を疑うようになり、村の広場に立って、わめきちらした。

「秦の牛飼い野郎はいい度胸だ。虎のヒゲをひねろうと言うのか。いつか、わしのゲンコツで叩き殺してやるぞ」

当時、二官の両親はすでにこの世を去っており、寄る辺のない身の上だったので、叔父を頼りに暮らしていた。叔父は謹み深い性格で、近所に気をかねていたため、ひそかに泣きながら、二官に告げた。

「わしは落ちぶれて財産も乏しくなった。貧乏ぐらしで、甥のおまえに嫁をもらってやれないのも、みっともない話だ。だけどおまえは容姿端麗で、まるで書生（読書人）のようだから、将来きっと出世して一門の誉(ほま)れになるだろう。あんなゴロツキに目の敵(かたき)にされるより、ここを出て行って商売を習い、あいつの矛先(ほこさき)をかわしたほうがいい」

二官は涙ながらに承知し、心を入れかえると誓った。叔父はすぐさま灯心をかきたて、長江の岸辺に住む友人の某氏に宛てて、手紙を書き、孤児の甥のめんどうをみてやってほしいと頼んだ。それから叔父は、旅立つ二官を十里以上も見送ってくれた。叔父と別れた二官は一人とぼとぼ旅をつづけ、振り返ってはしきりに嗚咽(おえつ)したのであった。ある日、京口(けいこう)（江蘇省鎮江市）に到着すると、父に対する礼儀をもって、某氏に会った。某氏は即座に二官の身柄を引き受け、商売を習わせてくれることになった。

阿良は二官が旅に出たと聞くと、行方を捜しつづけ、ずいぶんたってからやっと行方を突きとめた。しかし、二官の軟弱さをますますいとおしく思い、その薄情さを怨んだりはしなかった。彼女は朝な夕な、寝ても覚めても二官のことを思いつづけたが、父親は娘を金のなる木だと考えていたので、鞭(むち)で叩く気になれず、ただこう言っただけだった。

「わしの技は、死にもの狂いで精進しないと、ものにならぬ。色事にふけるとたちまちダメになる。芸は売っても身は売らぬ、というのが、ご先祖さまからの言い伝えだ」

阿良はこの言葉を聞いてから、父を怨むようになった。

中秋の季節になるころ、曲芸団一行は馬の背に乗り、シャンシャンと鈴を鳴らして興行の旅に出た。鍾離（安徽省）のあたりまで来たある夜、阿良はふいに起きあがり男装に着替えて、馬を盗み金包みを持って、逃亡した。

当時、京口にいた二官は、このことをまったく知らなかった。ある夜、灯りを消して眠っていると、開き戸がギーッとあく音がした。誰かとたずねる間もなく、口紅の香りのする甘い言葉が、耳元でささやいた。

「秦さんたら、女房を捨てて平気なの？」

はっきりした声だったので、二官は枕をおして起きあがり、石を叩いて灯りをつけ、その姿を見るや、肝をつぶした。寝台の側に、美少年がすっくと立っていたのである。

「私がわからないの？」

少年が笑いながら、帽子をはずすと美しい黒髪があらわれ、鞋をぬぐとかわいい足があらわれた。そこではじめて、阿良が変装していることが、わかった。

「いったいどこから来たの？　それとも夢を見ているのかな？」

「夢じゃないわ。ほんとうに私は来たのよ」

阿良はフッと灯りを吹き消して、抱きついて横になり、二官の耳もとで、別れてからの出来事を綿々と語った。

「ほんとうにあなたが恋しかったわ。こっそり逃げだしてからここに来るまで、三日の間、古いお寺に泊まって、ここの町並みをしっかりおぼえたの。それから以前と同じように、屋根をつたって来たのよ。お願いだから、こわがらないで」

二官は驚きまた喜んで、すぐさま戯れかかったが、事が終わると、しきりにため息をつくのだった。阿良は、男が禍のふりかかることを恐れているのだと悟り、

「あなた、お腹でもすいたの？　大丈夫、私にいい考えがあるから」

と言い、空が白むと、ヒラリと飛び去って行った。翌晩、阿良はまたやって来た。酒さかなを携えており、緑酒を杯にそそぐと、竹の葉のような色になった。あれこれ甘えかかって、二官に杯の酒を飲みほさせたところ、二官は酔いがまわって頭がボーッとなり、目暈がしてフーッと気が遠くなり、机につっぷして眠ってしまった。

阿良は立ちあがり、男の身体を布団にくるんで紐をかけ、指さして呪文を唱えた。するとたちまち、それは赤ん坊より軽くなった。阿良はそれを背負い、灯りを吹き消し閂をはずして表に出ると、垣根に跳び乗り、サッと高い屋根を跳び越え、せまい路地を走り抜けて、とある古寺に入った。紐をほどいて二官を寝台に寝かせ、薬の粉末を取りだして、フッと鼻に吹きかけると、二官はくしゃみをして目を覚まし、あたりを見まわして言った。

「ここもいっしょに暮らしていけるところじゃないね」

「遠くに逃げるしかないわ。そうしないと、もうすぐ父と母が追いかけて来るわ」

空が明るみ、暁の鐘が鳴りだすと、阿良は男装にもどった。寺の小僧を呼んで宿賃を払い、厩(うまや)から馬を引きだして、たっぷり秣(まぐさ)を与えたあと、二人は馬を連ねて出発した。

浙江(せっこう)の西湖(せいこ)まで来たころには、手持ちの金が底をつき、二官は不安でたまらなくなった。阿良は言った。

「私の身体にはおマンマがついてまわっているのよ。あなたにひもじい思いなんかさせるもんですか」

旅館の一室を借りてから、阿良はようやくもとの女姿にもどり、あでやかに化粧をした。翌日、広々とした場所を選んで線を引き、二官には、隅(すみ)に座って見物しているようにと命じた。阿良はさまざまな曲芸を演じて大儲けし、以来、二人は同居して夫婦同然の暮らしをつづけた。おいしい物を食べ、きれいな衣服を身につける満ち足りた日々がつづき、二官はこの土地で生涯を終えたいと願うようになった。ところが、阿良はふいにこんなことを言いだした。

「今まで曲芸を売り物にしてきたけれど、これから幻術を売り物にすれば、きっとすごい大儲けができるわ。それから別に馬を買い、いっしょに楽しく銭塘江(せんとうこう)（浙江省の川）を渡りましょうよ」

彼女は袖のなかから一巻の書物を取りだして二官に見せた。なんと禁制の呪術の書物ではないか。

「こっそり父のを盗んで来たのよ。幻術がいろいろあるから、お客は魂を奪われて大喜びするにきまっているわ。これさえあれば貧乏の心配なんかないわ」

「夜、不吉な夢をみて、目が覚めてからもまだ気分がわるかったから、しばらくやめておいたほうがいいよ」

二官がとめても、阿良は聞き入れなかった。日が高くなると、道具をもって、土地神を祭った神社のある山の麓に出向き、平らな場所を選んで、青い紬(つむぎ)の幔幕を取りだし、十畝(ぽ)(清代の一畝は約六百十四平方メートル)ほどの土地を囲った。そのなかで、阿良は二官と並んで座り、鉦を打ち鳴らしたところ、押すな押すなと見物人がつめかけ、町がからっぽになるほどだった。阿良が二度ばかり、ムニャムニャ呪文を唱えると、たちまち幕が裂けて、門、戸、建物があらわれ、うねうねくねくねと連なって、蜂の巣のようになり、建物のなかから、美しくしとやかな侍女があらわれた。頭に墜馬髻(ついばきつ)(片側に斜めにたぶさを結ったヘアスタイル)を結い、お皿ほどの牡丹の花をかざし、紅い衫(ブラウス)に緑の褲(ズボン)という出で立ちで、しなしなと歩み寄り、跪(ひざまず)きながらたずねた。

「お姉さま、なにかご用でございますか?」

阿良は笑って言った。

「私はちょっと身体の具合がわるいし、旦那さまも文人だから、居食(いぐ)いして暮らしに困りそうなの。おまえはすてきな術をおもちだから、気ままにやって皆さんを喜ばせてあげなさい。ご注文をいただくまでもないわ」

侍女は袂(たもと)をあげて舞いながら歌った。

茫茫兮　　茫茫(ぼうぼう)と
匆匆兮　　匆匆(そうそう)と
翩翩翻翻兮　　翩翩(へんぺん)と　翻翻(せんせん)と
柔若無骨兮　　柔らかきこと　骨の無きが若し
金銀楼閣仙人栖　　金銀の楼閣は仙人の栖(すみか)
願為仙人梯長梯　　仙人と為(な)るを願いて　長梯(ちょうてい)を梯(のぼ)り
仰視碧落神迷離　　碧落(へきらく)を仰ぎ視(み)れば　神(たましい)も迷離(めいり)たり

ひろびろと、はるばると、ひらりひらり　ふわりふわり、くにゃりくにゃりと骨もないみたい。金銀の楼閣(ろうかく)は仙人のすみか、仙人になりたくて長い梯子(はしご)をのぼり、大空を仰げば　魂もうっとり。


歌い終わると、袖から十丈ほど（約三十メートル）の緑色をした紐を取りだし、先端を結ぶと、空に向かって放りあげた。紐は大空からまっすぐ垂れ下がり、まるで雲の端で支えている者がいるようだ。侍女はきちんと襟を正して阿良に言った。

「私は天に昇り、西王母(せいおうぼ)（宇宙を支配する女神）さまのおつきの仙女さまをお招きして、芸をしていただきたいと存じます。よろしうございますか？」

「あらまあ、空は青くて深いから、足を滑(すべ)らせると、粉々(こなごな)になってしまいますよ。こわくないの？」

「私には術がありますから、ご心配なく」

侍女は、猿が木に登るように手足を同時に動かし、スルスルと紐をつたって攀(よ)じ登って行った。あっというまに、その影がツバメよりも小さくなったかと思うと、遠くから笙(ふえ)の音が響きわたり、あたり一面にいい香りが漂った。六人の美少女が、五色の鳳凰(ほうおう)と雲の模様を描いた上着、たくさんの蝶が花に戯れる図柄の裙(スカート)、耳には真珠のイヤリング、足にはつま先が鳳のかっこうになった舄(くつ)（底が二重になった靴）という出で立ちで、一人ずつ雲のなかからあらわれ、紐をつたって降りて来た。阿良に挨拶すると、ある者は笙を吹き、ある者は笛を吹き、ある者は箏(こと)をひき、ある者は箜篌(ハープ)をひき、またある者は琵琶をひいた。その妙(たえ)なる調子に、聞く者はうっとりして、天上世界にしかない音楽だと思うのだった。と、ふいに光がきらめいて、空から花がハラハラと乱れ落ち、ふと見ると、もう紐はかき消えていた。

阿良は立ちあがり上等の絹を広げて見物料を求め、またたくまに二官の前に十万貫の銭を置いた。阿良は急になまめかしく怒ってみせた。

「あの子ったら、仙女さまを呼びに行って、帰るのを忘れたらしいわ。サボっているのかしら？」

地面に敷物を敷いて仙女たちを座らせ、高く声をはりあげて歌いだした。

遇子兮山阿　　子(きみ)と遇(あ)う　山の阿(くま)

期子兮銀河
涼颸習習生微波
飛瓊贈我青雀舸
勧子且傾金叵羅
白丘山下家何多
人不学仙可奈何

子と期す　銀河に
涼颸は習 習として　微波を生ず
飛瓊は我れに贈る　青雀の舸
子に勧む　且く金の叵羅を傾けん
白丘山下　家の何ぞ多きや
人　仙を学ばざれば　奈何す可き

あなたとばったり　山のかげ、あなたとうっとり　天の川、風がそよそよ　さざ波をたてる。飛瓊（西王母に仕える仙女）がくれたわ　青雀の船、一杯やりましょ　金のさかずき。白丘山には　お墓がいっぱい、仙人にならなきゃ　どうにもならぬ。

リズムの変わり目で、幔幕に向かって鬼（怪物）の家来を呼びだした。一人は大頭のチビ、一人は小頭のノッポだ。身のこなしはゆっくりしているのに、非常に足がはやく、三歩でもう阿良の前にやって来て、キョロキョロあたりを見まわしている。阿良が後ろから蹴飛ばしても、声もたてず、両手を組み合わせてお辞儀をし、命令をうけたまわった。

「おまえたち、『梯雲の術』を使って、仙女さまを天までお送りしなさい。夜になったら、ご褒美にブタ肉を食べさせてやるよ」

鬼どもはこっくりうなずいた。阿良はまた幔幕のなかから、一人一人、小鬼を十数人呼びだした。大頭の鬼が頭を垂れて立つと、小頭の鬼が足を大頭の肩に乗せて踏ん張り、つづいて小鬼たちが同様にして、順々につらなり登って行った。次々に十二の玉を積み重ねたみたいなのに、落ちては来ない。なんとまあ遥かに高いことよ。阿良が立ち上がって見送ると、美しい仙女たちは襟を正して辞去し、みな鬼の肩に攀じ登ると、また順番に登って行き、あっというまに姿が見えなくなった。あとに残ったのは鬼たちばかり。

ふいに老人と老婆がすごい勢いであらわれ、阿良をつかまえて怒鳴りつけた。

「スベタ、恥知らずめ。なんとここにいたのか！」

びっくり仰天した二官は、人垣の中に駆け込んだ。たぶん阿良の両親が追いかけて来たのだろうが、幸いすばやく身をかわしたので、つかまらずにすんだのだ。それから二官は乞食をしながら歩いて京口に帰り、身を寄せていた主人の家にたどりついた。主人はあれこれ問いただし、事の次第を知ると言った。

「危なかったな！　それは幻術だ。まかりまちがって毒牙にかかり、命を落としでもしたら、わしはおまえの叔父さんに申し訳が立たないところだった。しばらく気をしずめてから、また働いてもらおう」

阿良の両親は、当時すでに白蓮教（びゃくれんきょう）（中国における代表的宗教結社で、しばしば民衆反乱の中核となる）に加担しており、娘がその陰謀を外部に漏らすことを恐れたために、彼女を縛って村にもどった。父親は妻にこっそり言った。

「この疫病神を始末しなければ、ついには家の恥になる。どうしたもんだろう？」

妻は娘が哀れでならず、

「この子は掌中の玉です。以前、都では、この子のおかげで借金も返せたんだし。あんたって、薄情な人ね。娘は大きくなれば、けっきょく嫁ぐものなんだから、嫁にやればいいでしょう。そうすれば、あんたも厄介ばらいができるというものよ」

と言い、父親もなるほどと納得した。

たまたま母方のいとこに袁三小という男がおり、甘泉山の麓で農業を営んでいたが、三十なのにまだ独身だった。この男を呼んで来て、風呂に入れ晴れ着を着せて、むりやり婿にしてしまった。婚礼の三日後、父親は百金を与えて言った。

「あわただしい縁組で嫁入り支度もせず、申し訳ない。どうかこれを代わりに納めてくれ」

袁三小はこれを受け取り、別れの挨拶をして、阿良をつれ、足のわるい驢馬に鞭うって帰って行った。

さて二官はこのいきさつをまったく知らなかった。翌年、同郷のある人物が京口に旅行したとき、二官とバッタリ出くわし、引きとめて、よもやま話に花を咲かせた。その話によれば、相手の素性はわからないが、阿良はすでに嫁ぎ、どんな秘密があったのか見当もつかないが、その両親も突然、出奔して姿をくらましてしまったとのこと。

二官はこの話を聞いて喜び、はじめて故郷に帰りたい気持ちになった。ちょうど冬至の祭りの季節だったので、帰郷して叔父を訪ねたいと、主人に暇乞い(いとまごい)をした。主人は給料を与え、荷物は店に置いて行くようにと命じた。

　二官は小さな包みを背負い、船に乗って長江を渡った。三日後、道をたどり竹西(ちくせい)の地に出たとき、夕日が山に沈みかけたが、かまわず歩きつづけた。西の城門を出たところで、バッタリ袁三小と出会い、もともと面識はなかったが、道連れになった。道中、話がはずんで名乗りあい、旅のつれづれを語って意気投合し、たちまち友だちになった。ヒューヒューと西風が吹きはじめ、しだいに暗くなったころ、袁三小の住む山村に近づいたので、二官はお辞儀をして別れを告げた。袁三小は、その袂を握って言った。

「この夜中にどこに行こうと言うんですか。盗賊が多いから、むちゃなことをしてはいけません。拙宅はすぐそこですから、どうかしばらくお休みください。明朝、あなたを大儀(だいぎ)（江蘇省）の町までお送りします。そうすれば康叔(こうしゅく)の里まで行かれるのに、何の心配もありません」

　二官は、それではあまりに厚かましいと辞退したが、袁三小は、

「何をおっしゃるのですか。袖振りあうも他生(たしょう)の縁、ささいな一宿一飯など、ものの数にも入りません」

　と、強く引き留めるのだった。二官は、村の夜回りの拍子木(ひょうしぎ)の音が響き、人が通るたびに犬も吠えるので、喜んでその好意を受け、袁三小についてその家に入り、表の間に腰を下ろした。奥に入って行った袁三小が妻を呼ぶのが聞こえた。

「帰ったぞ。お泊まりになるお客さんがあるから、酒を暖めツマミを用意しろ。精一杯、おもてなしするんだぞ」

妻（阿良）は屏風（びょうぶ）のかげから、こっそり客のようすをうかがったが、二官のほうはまったく気づかなかった。やがて袁三小が灯りを持ってあらわれ、つづいてすぐお茶を出し、また酒さかなを運ぶなど、まめまめしく行ったり来たりして、そのもてなしぶりは、まことに心のこもったものだった。向かい合って飲みかつ食い、主客ともに楽しみを尽くすと、二人ともほろ酔い気分になり、目がトロンとしてきた。袁三小は立ちあがり、二官のために寝台をしつらえ、掛け布団と枕を置いてくれた。二官が上着をぬぎ帽子をはずすのを見とどけてから、袁三小は、杯に残った酒や皿に残った料理を大事そうに持って、奥へ入って行った。

二官は灯りをかかげて庭をながめた。よく手入れが行きとどいている。掛け布団を広げて横になり、こんな田舎家なのに、なんと手厚くもてなしてくれることだろうと思っていると、ふいに誰かが戸を押し、入って来る気配がする。見ると、以前、西湖で別れた恋人の阿良だったので、びっくり仰天してしまった。阿良は二官をかき抱いて座ると、泣きながら両親にむりやり嫁がされた一部始終を、つぶさに語り聞かせた。そこではじめて二官は、この家の主人が阿良の夫だと悟り、言った。

「きみはもうちゃんと落ち着き先ができた。田畑に収穫さえあれば、金持ちの妻でないと嘆くまでもない。私は風来坊で、言うも恥ずかしい身の上だ。あのころは分別がなくて、きみにたいへ

ん愛してもらったが、もう忘れてほしい。疑われるといけないから、はやく出て行ってくださ
い」

　これを聞くと、阿良はカッとして罵（ののし）った。

「薄情もの！　私はあんたを裏切ってないわ。あんたのせいで辛い目にあい、走りまわって、足の裏まで裂けてしまった。あの後すぐ両親に折檻されたから、今でも身体中、鞭のあとだらけ、風が吹いたり雨がふったりすると、必ず痛むのよ。むりやりあいつに嫁がされたけど、けっきょく、うまくいきっこない。たとえあんたが来なくても逃げるつもりだったわ。今晩、神さまのお引き合わせで会えたのに、どうしてそんな冷たいことを言うの？」

　二官はふるえあがった。と、阿良が言った。

「大丈夫、あいつは酔っぱらうと、きっと眠ってしまうし、眠り込むと必ず雷みたいなイビキをかくの。殴っても目を覚ましっこないわ。何をそんなにビクつくの！」

　二官は声を低めて言った。

「ここから出て行かないと言うなら、どうしようというの？」

「前のようにあんたと逃げて、百になるまで添い遂げるのよ」

　二官はあわてて手を振って言った。

「ダメ、ダメ。『羅敷（らふ）には夫がおり、殿さまには奥方がある』（漢代の民歌「陌上桑（はくじょうそう）」の一節。すでに配偶者がいることをいう）んだから、それはダメだ！　きみのご主人は行きずりの者にも、こ

れほど親切な人なんだから、まして枕をともにする妻にはいうまでもなかろう。わるい考えを起こさず、辛抱したほうがいい」

阿良は激しく二官を罵り、恐れをなした二官は、立ち上がって荷物を引き寄せ、戸の閂をはずして出て行こうとした。阿良は笑って、

「ネズミさん、まだネコから逃げようとするの」

と言ったかとおもうと、二本の細い指で彼の肩を打った。すると二官は斧で打たれたように、ヘナヘナとその場にくずおれてしまった。阿良はおもむろに模様のある太い腰帯を取りだし、二官を縛ると、美しく化粧した顔に殺気をみなぎらせ、灯りを持って跳びだして行った。しばらくすると、袖を血で染め駆けもどって来て、二官に告げた。

「すんだわ！」

阿良は二官を縛った腰帯をほどき、奥の部屋に引っぱって行った。見ると、袁三小はすでにバラバラにされ、血の海のなかに横たわっている。二官は激しく泣き、ブルブルふるえつづけた。阿良は彼を叱りつけ、鋤で床下を深く掘って、バラバラになった死体を埋め、血の跡を拭って、金目のものを一包みにまとめた。この家の怠け者の下男はぐっすり寝込んでいたので、このことは誰も知らなかった。阿良は二官の脇をかかえて表に出るや、茅葺（かやぶ）きの屋根に火種を突っ込んだ。東に向かって一里ほど行ったところで、ふりかえると、炎が天を焦がし、村はすでに焼け落ちていた。

二官はしょんぼりと阿良につき従い、姓名を変えて揚州(江蘇省)の町はずれに家を借りたが、心は張り裂けんばかりであった。阿良は毎晩、必ず愛を求めたが、二官はぐったりして枕もあがらず、疲れを訴えた。すると阿良は紅い丸薬を取りだし、彼に飲ませた。上等の媚薬であった。彼女は日夜、二官を監視しつづけ、表に出ることも許さなかった。

ある日、阿良が酒を飲みほろ酔い気分になった隙に、二官は逃げだし、役所の前の太鼓を鳴らして、阿良が夫を殺したと訴え出た。役所の長官はちょうど三日前、袁三小の親類からの告訴状を受け取っていたが、仔細がわからずにいた。そこに二官の訴えがあったので、捕り手を派遣して阿良を縛りあげ、引っ立てて来させた。最初のうち、阿良はたいへんずる賢く言い抜けし、鞭うたれても音をあげなかった。二官は言った。

「彼女の髪のなかに、おまじないの印があります。これを取りのぞけば、三木(頭、手、足にはめる枷)を施さなくとも、白状するでしょう」

阿良は二官を罵った。

「ひどい人ね。あんたを裏切ってないのに、どうして私を死罪におとしたりするの?」

長官は二官が共謀者ではなく、また訴え出たことによって情状を酌量し、まげて死罪を許した。しかし、長官は女とのよからぬ出会いが原因で、その夫が殺害されるに至った経緯を重く見て、二官を出獄させ百叩きの刑に処したうえで、遼陽(遼寧省)に流刑にすることとし、無罪放免とはしなかった。

冬至になり、流刑地への出発を待っていた二官は、市場で叫ぶ人々の声を聞いた。

「寇阿良が、揚州の市場で凌遅の刑（身体がバラバラにされる刑）になるぞ！」

二官は絵師に注文して、袁三小の小さな肖像画をかかせ、長い竿の先にかかげて、市場の処刑場に出かけ、阿良に見せた。阿良の雪のように白い肌を目にした首切り役人は、手がふるえて刀を振り下ろすことができなかった。二官は側で、この役人を叱咤した。

「男だろう。切りきざむほど、夫も成仏できるんだぞ」

刑が執行された後、二官はその刀を奪い取り、躍りあがって、

「友だちが私のせいで死に、恋人も私のせいで死んだ。私ひとりが生きていられるものか！」

と叫ぶと、刀を首に押しつけた。首切り役人が、刀をもぎ取ったときには、もう頭が胴から離れていた。その場に居合わせた人々は、二官を義士だと称え、金を出し合って柩を買い、お寺に納めた。二官の叔父はこの知らせを聞いて慟哭し、柩を担いで郷里に帰り、埋葬した。

さて寇阿良が縛られて処刑場に到着したとき、獄官（刑獄を担当する役人）の某が、その名前を呼びあげると、阿良は流し目をしてふりむき、ニッコリ笑った。某は処刑場からもどると、激しく泣いて言った。

「寇阿良は絶世の美女だ。身体はいっしょになれないが、魂をささげよう」

この夜、果たせるかな、阿良がしなしなと役所に入って来て、身体を縦横にあしらい、あれこれ軽業を演じてみせた。そのあとすぐ某と事におよび、処刑された身であることを忘れたかのよ

うであった。それから彼女は毎晩来るようになったが、ある夜、自分の首をはずして机の上に置き、櫛を取りだして髪をアップに結いあげていた。某は帳のなかから、この姿を目にして肝をつぶし、ギャッと叫んで息絶えてしまった。

（宣鼎著『夜雨秋灯録』続録、巻三〔上下二巻、上海古籍出版社、一九八七年〕による）

宣鼎について

「少女軽業師の恋」（原題「秦二官」）の作者、宣鼎あざな痩梅（一八三五―八〇？）は、清末の人である。安徽省天長県の資産家だった生家が没落したため、二十歳を過ぎたころから、軍隊に入ったり、地方長官の幕僚になったり、さまざまな職を転々として、浮世の辛酸をなめ尽くした。四十過ぎになって一念発起、怪異譚の執筆にとりかかる。毎晩、一篇ないし二篇を仕上げるというハイペースだった。

そのかいあって、まず光緒三年（一八七七）、怪異譚集『夜雨秋灯録』を刊行したのにつづき、三年後の光緒六年（一八八〇）、『夜雨秋灯続録』を刊行するに至る。こうして怪異譚の制作に残んの命を燃やし尽くし、宣鼎は、『夜雨秋灯続録』の刊行前後に、この世を去ったのだった。『夜雨秋灯録』『夜雨秋灯続録』には、それぞれ百十五篇の文言で書かれた怪異譚が収められている。ここに訳出した「少女軽業師の恋」は『続録』（巻三）に収録されたものである。十七世紀末から十八世紀初めの清初、蒲松齢（ほしょうれい）が著した『聊斎志異（りょうさいしい）』の影響を受け、十九世紀後半の清末に書かれた宣鼎の怪異譚には、意表をつく怪奇な物語幻想が満ちあふれている。とりわけ、この「少女軽業師の恋」の末尾のシーンはおよそ想像を絶するものであり、読者に強烈な衝撃を与える。

宣鼎の手になるこれらの物語は怪異譚として卓越するのみならず、流転の生涯を送った宣鼎の豊富な見聞が盛り込まれることにより、清末に生きた人々の姿を、鮮やかに映す鏡ともなっている。その意味で、『夜雨秋灯録』および『続録』は、まさに、一種、尖鋭なアクチュアリティーを帯びた、稀有の怪異譚集といえよう。

あとがき

本書『中国奇想小説集』は、六朝時代から清末に至るまで、千五百年以上にわたって著されつづけた、おびただしい数にのぼる超現実的で奇怪な怪異譚および現実の人間社会を舞台とする奇妙奇抜な物語等々のなかから、とりわけ興趣あふれる作品を長短とりまぜて二十六篇選び、時代順に配列して、現代日本語に訳し簡単な解説を付したものである。なお、二十六篇のうち、二十五篇は文言（書き言葉）で書かれた短篇であり、白話（話し言葉）で書かれたものとしては、明代の「白娘子　永えに雷峰塔に鎮めらるること」一篇のみを収めた。

中国において志怪小説（志怪は「怪を志す」の意）と総称される怪奇幻想に彩られた奇想小説（怪異譚）が盛んに著されるようになったのは、六朝時代（魏晋南北朝時代。三世紀前半―六世紀末）である。魏の文帝（曹丕）を作者に擬す志怪小説集が編纂されるなど、その流行の兆しは早くから見られたが、こうした前史を受け継ぎ志怪小説のジャンルを確立したのは、『捜神記』を著した東晋（三一七―四二〇）初期の干宝だった。干宝について詳しくは当該箇所（一三―一四頁）

を参照されたいが、本書の中国奇想小説の世界は、この干宝の二篇の怪異譚、「王女の贈り物」（原題「談生」）、「おんぶ幽霊」（原題「宗定伯」）をもって開幕する。ついで、陶淵明が著したとされる『捜神後記』から「桃花源」と「地獄の沙汰も『腕輪』次第」（原題「李除」）の二篇、劉義慶が著したとされる『幽明録』から「常春の異界」（原題「劉晨・阮肇」）と「白粉を売る女」（原題「売胡粉女」）の二篇、呉均が著した『続斉諧記』から「籠のなかの小宇宙」（原題「陽羨鵝籠」）を訳出した。

つごう七篇にのぼるこれらの六朝志怪小説は、いずれもごく短いものだが、亡霊や妖怪の出現、異界訪問、死者の再生、不可思議な事物など、超現実的な話柄が次から次に提示され、その発想の奇抜さ、豊かさには驚嘆すべきものがある。

時代が下り唐代（六一八―九〇七）に入ると、ことに中唐（七六六―八三五）以降、多くの文人によって唐代伝奇と総称される一群の短篇小説が著されるに至る。唐代伝奇小説には、超現実的で奇怪な出来事のみならず、現実の人間社会における多種多様の「奇（奇抜で不可思議な出来事）」を描いたものも数多く含まれる。これらは短篇小説というにふさわしい長さをもつものが多く、その語り口もシンプルな六朝志怪小説に比べると、はるかに複雑巧妙となっている。中国の短篇小説はこの唐代伝奇小説に至り、形式・内容ともに高度な成熟に達したといえよう。

本書では、この唐代伝奇小説のなかから、「邯鄲の夢」の成語で知られる異界訪問譚の沈既済著「枕中記」、狐の変化の美女と人間の男の恋を描いた、同じく沈既済著「美女になった狐」

（原題「任氏伝」）、恋する少女の魂が現身から分離する顚末を描いた陳玄祐著「離魂記」の三篇を訳出した。いずれも完成度の高い傑作にほかならない。

付言すれば、総じて、シンプルな六朝志怪小説が「不思議な出来事の記録」というスタイルで著されているのに対し、複雑巧妙な唐代伝奇小説は「虚構の物語世界」を展開するという姿勢で著されている。この記録型と物語型という両様のスタイルは、以後も中国の奇想小説の流れのなかで共存しつづけてゆく。

唐につぐ宋代（北宋九六〇―一一二七、南宋一一二七―一二七九）になると、文人趣味の一環として、多角的に政治・社会・文化の様相を書き綴る「筆記（随筆・記録）」のジャンルが盛んになり、多くの作品が著された。雑多な事実の記録である「筆記」には、むろん怪異な事象をモチーフとする奇想小説も数多く含まれる。これとあいまって、宋代の奇想小説では、六朝志怪風の記録型が大勢を占めるに至る。

こうしたなかで、ひときわ輝くのは、南宋の洪邁がありとあらゆる種類の怪異な話を網羅した膨大な奇想小説集『夷堅志』である。本書では、このうちから、幽霊譚の「居酒屋の娘」（原題「呉小員外」）、夫婦離散の悲喜劇を描く「徐信の妻」、奇抜な着想の掌篇「伊陽の古瓶」の三篇を訳出した。また、南宋と共存した女真族王朝金（一一一五―一二三四）の大詩人元好問が、『夷堅志』を継ぐ意図をもって著した『続夷堅志』から、これまた幽霊譚の「京娘の墓」を選び、あわせて収めた。

ちなみに、宋代以降、盛り場で語り物が盛んに行われるようになる。庶民的な語りの文体である「白話」で書かれた講釈師のテキスト（話本）も出回るようになるが、そのなかには、知識人の文体である「文言」で記された奇想の宝庫ともいうべき『夷堅志』の話から、ヒントを得たものも多い。

明代（一三六八—一六四四）に至ると、うってかわって唐代伝奇を受け継いだ物語型の奇想小説が主流となる。明初の瞿佑の手になる奇想小説集『剪灯新話』はその先駆けとなったものであり、以後、これに影響を受けた作品が続々と著された。本書ではこの『剪灯新話』から人口に膾炙する「牡丹灯籠」（原題「牡丹灯記」）を訳出した。このほか、明代中期に著された陶輔の奇想小説集『花影集』から、悲恋の結末を鮮烈に描く「死が二人を分かつとも」（原題「心堅金石伝」）を訳出した。同じく物語型とはいえ、明代に著された「牡丹灯籠」や「死が二人を分かつとも」には、唐代伝奇の作品に見られなかった、闇にうねる暗い情念に憑かれた者の姿が描きだされており、読者に衝撃を与える。

明代の項では、今一つ、先述したように、文言小説を主とする本書で唯一、白話で書かれた奇想小説である「白娘子　永えに雷峰塔に鎮めらるること」を訳出した。詳しくは当該箇所（一九〇—一九二頁）を参照されたいが、この作品は十七世紀初めの明末、馮夢龍が編纂した三部の白話短篇小説集「三言」の一つ、『警世通言』に収められ、語り物のジャンルで長らく語り伝えられた、白蛇が美女に変身する物語を踏まえて馮夢龍自身が著したものとされる。当初、文言小説を主とする本書であえてこの作品を取りあげようとしたのは、唐代伝奇の「任氏伝」以降、明代に至るまで、幽霊をモチーフとする佳篇は枚挙に暇がないのに対し、変身物語にめだった作品がないためだった。

しかし、こうして文言小説と並べて訳出してみると、白話小説と文言小説との差異がおのずと歴然とあらわれており、実に面白いと感じ入った。庶民の世界を舞台とし、会話を多用したくだけた語り口による「白娘子」の物語世界は、中核となるモチーフを求心的に追求する文言短篇小説とは異なり、委曲を尽くしながら次から次へと展開され、短篇というよりむしろ中篇小説といったほうがいい膨らみと長さをもっている。

それはさておき、本書の終幕に位置する清代（一六四四―一九一一）の奇想小説については、物語型の作品として、清初の蒲松齢が著した『聊斎志異』から、花妖（花の精）を主人公とする「無双の牡丹」（原題「葛巾」）と「菊を育てる姉弟」（原題「黄英」）の二篇、清代中期の管世灝が著した『影談』から過剰な欲望を膨らませた者がみた悪夢の顚末を書く「欲望の悪夢」（原題「反黄粱」）、清末の宣鼎が著した『夜雨秋灯続録』から、異界から来た妖精のような変幻自在の少女を主人公とする「少女軽業師の恋」（原題「秦二官」）を訳出した。いずれも不遇の文人によって著されたこれらの作品の底流には、明代の「牡丹灯籠」や「死が二人を分かつとも」と相通じる、闇にうねる暗い情念のとどろきが響いている。

こうしてみると、明清の物語型の奇想小説は、唐代伝奇小説の作者のように、怪異な話を対象として「ものがたる」のではなく、現世に失望した作者がみずからの鬱屈した思いを、奇想小説の文法によってイメージ化し、心ゆくまで表出しようとしたところから生まれたものだといってもよかろう。これらの作品に異様なまでの迫力があるのも、むべなるかな、である。

さらにまた清代には、大文人袁枚(えんばい)が著した膨大な『子不語(しふご)』や、大学者官僚の紀昀(きいん)が著した、これまた膨大な『閲微草堂筆記(えつびそうどうひっき)』など、特記すべき記録型の奇想小説集も刊行された。本書では、『子不語』から「胡求(こきゅう)　鬼(き)の球(ボール)と為りしこと」「鳳凰山(ほうおうざん)　崩れしこと」の二篇、『閲微草堂筆記』から「不思議な恋人たち」と「人形の怪」の二篇を訳出した。いずれも余裕あふれる彼らが、遊戯精神たっぷりに著した発想の面白さが光る掌篇である。なお、この二人に先立って、今は知る人もない清初の硬骨の文人、陳鼎(ちんてい)のユニークな掌篇「義牛(ぎぎゅう)の復讐」（原題「義牛伝」）もあわせて収めた。

奇想小説の全体的な流れを概観すると、六朝志怪小説および唐代伝奇小説以後、宋代には前者を受け継ぐ記録型、明代には後者を受け継ぐ物語型の作品がそれぞれ主流となり、清代に至ってこの両種の作品が拮抗(きっこう)して併存するに至ったといえるであろう。

長々と書き記したが、本書に収めた全二十六篇のそれぞれ目からウロコ、奇想天外な作品を通じて、時代の経過とともに少しずつ変化してきた中国奇想小説の流れを具体的にたどりながら、中国的な奇想万華鏡の世界を楽しんでいただければ、ほんとうにうれしく思う。長きにわたり、中国の多くの文人たちにとって、事多き現実にうんざりし、「この世の外ならどこへでも」という気分になったとき、奇想小説を書いたり読んだりするのが、何よりの「消遣（シャオチエン）（気晴らし）」だった。現実社会に問題が山積しているのは、いずこであれ昔も今も変わらない。ここに収めた粒よりの中国奇想小説群が、「今ここに」練りあげられた「気晴らしの文学」として、いきいきと甦ることを願うばかりである。

私は昔から中国の奇想小説が好きで、おりにつけて読み、さまざまな作品を取りあげ紹介した『中国幻想ものがたり』（大修館書店、二〇〇〇年）という本や、「怪異譚の流れ」（『中国的大快楽主義』所収、作品社、一九九八年）という文章を書いたことがあり、また、実際の作品を翻訳したこともある。本書には、つごう九篇にのぼるこの既訳も収録したが（これらの初出については巻末の一覧参照）、全体のほぼ三分の二にあたる十七篇は今回、新たに訳出したものである。

本書の刊行にさいしては、平凡社編集部の山本明子さんにたいへんお世話になった。山本さんからお話があって、雑誌「こころ」Vol.17（二〇一四年二月刊）に『聊斎志異』から二篇（本書所収）を選んで訳出したのがきっかけになり、本書が生まれる運びとなった。山本さんの的確なご配慮のおかげで、こんなに楽しい本ができあがり、ただ感謝あるのみである。ほんとうにありがとうございました。

二〇一八年八月

井波律子

初出一覧（本リスト以外は新訳です）

籠のなかの小宇宙（原題「陽羨鵝籠」）　「ミステリマガジン」一九九一年八月号

枕中記　「モンキー・ビジネス」vol.12　二〇一一年一月

美女になった狐（原題「任氏伝」）　「こころ」vol.44　二〇一八年八月

離魂記　「モンキー・ビジネス」vol.11　二〇一〇年一〇月

死が二人を分かつとも（原題「心堅金石伝」）　「モンキー・ビジネス」vol.11　二〇一〇年一〇月

無双の牡丹（原題「葛巾」）　「こころ」vol.17　二〇一四年二月

菊を育てる姉弟（原題「黄英」）　「こころ」vol.17　二〇一四年二月

欲望の悪夢（原題「反黄粱」）　「モンキー・ビジネス」vol.12　二〇一一年一月

少女軽業師の恋（原題「秦二官」）
「ミステリマガジン」一九九三年八月号、のちに『中国的大快楽主義』（作品社、一九九八年）所収

井波律子（いなみ りつこ）

中国文学者。一九四四年富山県生まれ。京都大学大学院博士課程修了。国際日本文化研究センター名誉教授。『三国志演義』『水滸伝』『世説新語』『完訳 論語』などの翻訳や、『トリックスター群像 中国古典小説の世界』（桑原武夫学芸賞受賞）、『中国の五大小説』『奇人と異才の中国史』『中国名詩集』ほか著書多数。

中国奇想小説集——古今異界万華鏡

二〇一八年一一月九日 初版第一刷発行

編訳者 井波律子
装幀 大倉真一郎
発行者 下中美都
発行所 株式会社平凡社
〒一〇一-〇〇五一 東京都千代田区神田神保町三-二九
電話〇三-三二三〇-六五八三〔編集〕
〇三-三二三〇-六五七三〔営業〕
振替〇〇一八〇-〇-二九六三九
印刷 株式会社東京印書館
製本 大口製本印刷株式会社
DTP 平凡社制作

ISBN978-4-582-83789-6
NDC分類番号923 四六判(19.4cm) 総ページ288
平凡社ホームページ http://www.heibonsha.co.jp/

妖怪として中国古典にしばしば登場する九尾の狐は、天界より遣わされた神獣ともいわれる（『三才図会』より）